U0601775

卓尔文库·大家文丛

後甲子餘墨

柳鸣九——著

海天出版社（中国·深圳）

图书在版编目（CIP）数据

后甲子余墨／柳鸣九著．—深圳：海天出版社，2016.9
（卓尔文库·大家文丛）
ISBN 978-7-5507-1731-2

I.①后…　II.①柳…　III.①随笔－作品集－中国－当代　IV.①I267.1

中国版本图书馆 CIP 数据核字(2016)第 200334 号

后甲子余墨
HOUJIAZI YUMO

出 版 人：聂雄前
出 品 人：刘明清
责任编辑：韩慧强　王媛媛
责任印制：李冬梅
封面题签：王之鏻
装帧设计：浪波湾工作室

出版发行：海天出版社
地　　址：深圳市彩田南路海天综合大厦（518033）
经　　销：全国新华书店
印　　刷：北京新华印刷有限公司
开　　本：787 毫米 ×1092 毫米　1/32
字　　数：180 千字
印　　张：9.25
版　　次：2016 年 9 月第 1 版第 1 次印刷
定　　价：68.00 元

策　　划：大道行思文化传媒有限公司
地　　址：北京市海海淀区蓝靛厂南路 55 号金威大厦 707—708 室（100097）
电　　话：编辑部（010-51505219）　发行部（010-51505079）
网　　址：www.ompbj.com　邮箱：ompbj@ompbj.com
新浪微博：@大道行思传媒　微信：大道行思传媒（ID：ompbj01）

目 录

辑三

辑四

辑五

自　序

真没有想到，我又有缘在深圳海天出版社出版一本书。

《后甲子余墨》像一束蒲公英，在空中随风飘忽了一段时间，似乎也飘忽了好一段行程，最后居然落到深圳海天这块绿洲上，多少有点像是个奇遇。

这个散文随笔集，起初是应北京一家大出版社之邀，早在去年，为他们一个名为“博雅文丛”的项目开始编选起来的，不料这家出版社的人事与项目都有了很大的调整，这次调整就像一阵大风，把我已经编选好的这个集子，吹落在大道行思这样一块新开拓出来的土地上。大道行思是一个新天地，然而底气十足，有出版名家主事，《后甲子余墨》在此安身，实得其所也。更巧的是，大道行思很快加盟有强旺学术文化活力的深圳出版发行集团，与深圳海天相连，于是这本书又列入了海天的名下。海天是我的老朋友、老东家，是我心目中的人文绿洲，我多次与深圳海天合作，实为人生一大幸事，谢谢上帝。

本书稿基本上在今年年初就已经编好，大致有三个稿源，一是我前几年已经写出但从未结成单本文集出版的若干单篇文章，大概占了本文集的将近二分之一，其他的一半稍多全是最近一年多写的文字，当然，都是从未收为文集的，其中很大一部分，还从未公开发表。因此，《后甲子余墨》与我曾经在海天出版过的《子在川上》内容与篇名毫无雷同，这是我应该简单予以说明的。

我过去出的散文随笔集，基本上都是专题性质的，如《巴黎散记》《巴黎名士印象记》《米拉波桥下的流水》《翰林院内外》一集、二集，以及《父亲 · 儿子 · 孙女》等，真正属于选本性的散文随笔集，过去只有两个，一是中央编译出版社 2005 年出版的《山上山下》，二是海天出版社 2012 年出版的《子在川上》。现在这个《后甲子余墨》要算是老三，如果老大和老二的篇目和内容还有若干重复的话，老三与老大、老二基本上甚至完全没有重复了。也许，它会带来些微新感觉。

这个集子中比较新的内容有两个，一是我的自传性与自我剖析的部分篇章，说实话，这是从我尚未发表过的新作《回顾自省录》中预支出来的，虽然所选的只是该书很少的一部分，而且算不上该书最有代表性的篇章。

新增加的第二部分内容，则是我给朋友的一些信函与短札，以及赠书题辞与相关的交谊小记，把这一部分不成文章的实用性文字选入，说得好听一点，是实验性之举，说得不好听一点，岂不就是滥竽充数？说实话，简直带有一点冒险性，很可能引起嗤之以鼻的反应。

不过，应该看到，在中国文学史上，书信成为散文佳品的范例，倒的确不少，如曹丕的《与吴质书》、曹植的《与杨德祖书》、嵇康的《与山巨源绝交书》、王维的《山中与裴秀才迪书》、李白的《与韩荆州书》、白居易的《与元九书》、王安石的《答司马谏议书》等等。因而，在中国文学史上，从来就有把言之有物、语言讲究的书信视为散文作品的传统。古人可，今人为什么不可？虽然我等与鸿儒先贤相距天壤，不可比拟，但也有一位分量十足的人物说过："大狗叫，小狗也可以叫嘛。"

我想，只要有真情实感，言之有物，语言修辞还像个样子，即使是带点实用性，甚至完全是为了实用的文字，在辽阔宽广的散文领地上，亦未尝不可以有一席栖身之处。我这些信札、短函所涉及的朋友几乎都是当今广为人知的才俊之士、文化名流，我有幸与他们有过业务往来与合作关系，与他们的交往多少也反映出了某些文化事、学术事的一鳞半爪，多少反映出了当今中国文化生态的局部侧影与人文知识分子交往的点滴内容，对我个人都是亲切的、美好的记忆。这就是我把此类文字选入这个集子的原因。

最后，再画蛇添足一段：敝人此举，即使不自量力，东施效颦，似乎也不无用处，东施之颦虽然美感度不高、不及格，但她效仿的毕竟是颦，她毕竟向人提示了，在世界上确曾有那么一种值得效仿的西施之颦。这对颦的传承不是也有点作用吗？

古已有书信体散文一物，别忘了它。它应该是学者散文的一种重要形式。近年来，我一直力挺学者散文，这也算是我对学者散文的一种补充理解吧。

2016 年 6 月 14 日

辑一

在“中国最有影响的十部法国书籍”评选揭晓发布会上的致辞

（2014 年 3 月 25 日，北京）

诸位来宾：

先讲几句个人的由衷之言，今天的揭晓典礼要一个人出来致辞，作为评委，我义不容辞，作为主持人所说的“评委会主席”，病夫老朽实不敢当。被帕金森氏收归门下多年，脑供血不足，思维短路，牙齿漏风，实不宜担此重任。“不敢当”这话，已对有关领导讲了多次，但固辞未果，终于只得“恭敬不如从命”，现遵命致辞，以完成今天典礼的一个程序。

这次大型评选是一次别具一格而又十分有意义的文化庆典，它是对中法两个民族、两个国家精神文化交流史的一次珍贵的回顾，也是对当今中法两个大国友好关系中渊源与思想文化内涵的展示，很好地反映出中法友好关系的水平与特色，历史久远的交流、灿烂丰富的人文内涵、崇尚文化的品位、互相心仪倾慕的情谊，这就是中法友好关系中所具有的独特内容与风采，而这种独特内容与风采，正是其他世界大国关系中罕见的。

评选工作本来就是仁者见仁、智者见智的事，是各有所好、众口难调的事，我们不必把今天的名单，视为绝对真理、视为永恒的状元榜，它只是那么一个意思，只是那么一种表述，它表述了我们的诚意，对发展中法文化交流的诚意，它表述了我们的敬意，对中法文化交流中做出过贡献的先驱先贤以及书本典籍的敬意！

我们今天首先致敬的对象是孟德斯鸠的《论法的精神》与卢梭的《社会契约论》这两部巨著，因为它们早在19世纪末20世纪初就进入了中国，给了正在上下求索的中国人很有力的启示，前者影响了中国维新改良的政治思潮，后者则传播了民主主义的政治思想，直接影响了辛亥革命时期的民主革命派。

我们也没有忘记在清朝末年林纾所译出的《茶花女》，它当时的确使人耳目一新并几乎带来了一点洛阳纸贵的效应，故称得上是法国文学飞到中国人群中的第一只燕子，此后，它作为一本通俗流行的作品，在中国人气一直不减。

我们特别重视先贤鲁迅、陈独秀、苏曼殊都曾翻译介绍过的雨果的《悲惨世界》，这部书足以在任何时候都深深感动中国人，因为书中所写的悲惨者，很像中国人身边的祥子、月牙儿、春桃、三毛这些同胞，而作者对劳苦大众那种热烈的人道主义同情与怜悯，正投合了中国人心灵的需要。

巴尔扎克的《高老头》也深得中国人的重视，不仅因为它把资产阶级的金钱如何腐蚀人类最自然的亲情，表现到令人痛心扼腕的程度，而且因为它是规模宏大的艺术巨制《人间喜剧》的代表作，面对这样一座包括九十多部作品的宏伟文学大厦，谁能不肃然起敬呢？

《约翰·克利斯朵夫》也是一部令很多中国人都念念不忘的书，主人公那种不向恶俗世道低头、坚守自我尊严与骄傲的倔强性格，曾经是好几代中国青年在污浊社会环境中进行精神坚守的榜样，成为了他们与低俗抗争的支撑点。

《红与黑》是中国人特别喜爱的一部书，司汤达此书是写给“少数幸福的读者”看的，他恐怕没有想到，他的幸福读者在中国竟如此之多，中国人读懂了这部书所描写的，时代巨变之际，两种价值标准在一个青年人身上的冲突，这种冲突，中国的年轻人也曾感受过，这就足以使它高票当选，何况对这部书高超的颇有现代性的心理描写艺术，中国读者也很懂味，非常赞赏。

《小王子》是在中国特受欢迎的一本书，中国人重视儿童教育，讲究从起跑线、甚至从胎教就开始，自然重视为自己孩子置办有助于启迪智慧的书籍，而《小王子》正是世界上首屈一指的、内涵丰富的经典儿童读物，而且其思想深邃，带有一定哲理性，也是一部成年人耐读的书。老少皆宜，使得《小王子》在中国销量惊人，独占鳌头。

这次选评既然有公众的投票，必然就有合乎大众口味的书籍当选，大仲马的《基督山伯爵》与小仲马的《茶花女》一样，也是受益者，可见大小仲马父子二人在中国的粉丝人数之众多，他们显然很喜爱这两位作者引人入胜、魅力十足的叙述艺术。

托克维尔的《旧制度与大革命》是近年来在中国广受关注、深得青睐的一部史学专著，它的高票当选，表明了中国人读书品位的严肃性与对历史知识的热情追求，表明了中国人对社会历史发展规律的深切关注与执着思考。

好书无数，有影响的书很多，远不止以上所列出的十本，例如，由胡适最早译出的都德爱国主义名篇《最后一课》《柏林之围》，对中国20世纪新文学起过重要作用的左拉的自然主义巨著，莫泊桑脍炙人口的短篇小说，蒙田影响了中国好几代散文名家的《随笔集》，卢梭以坦诚的人格力量感召过不止一个中国文学大师的自传《忏悔录》。改革开放以来，很多知识精英所热衷的萨特哲学著作与哲理小说，梅里美在中国知名度很高的小说《卡门》，加缪风格纯净而内涵深邃的《局外人》，以及杜拉斯风靡世界的《情人》《广岛之恋》，等等，都曾在这次评选中获得了广泛的支持与大量的选票。然而，座位只有十个，我们只能选十部书，因此我们这次评选不可能不是一次永恒的遗憾，好在任何评选即使再周全、再圆满，从根本上来说，也都是遗憾的取舍、遗憾的智慧，好在法国的先贤先哲、才人雅士重视的是读者，是受众，而不是其他。一个作家能在中国获得自己的读者，这本身就是一个种荣誉。

最后，愿这次评选活动能对中法文化交流提供若干启示与参考，愿这次评选活动成为更进一步促进中法文化交流的助力。

更为重要的是，愿这次评选活动有助于激励我们“耕种好我们自己的园地”，*Il faut cultiver notre jardin*，以求创造出在世界人民眼中更光辉灿烂、更魅力十足、更有亲和力、更得到普遍认同的当代中国文化。当然，在当前商品经济法则比人文价值似乎更说了算的今天，作为一个人文学者，请允许我附庸时尚也讲那么一句，愿出版商们从这次评选中获得营销商机与发财灵感。

谢谢！

在《柳鸣九文集》（15 卷）北京首发式及座谈会上的答辞

我知道感恩，因为恩在我的生涯中很宝贵，之所以很宝贵，是因为它来之不易，它主要来自我的两个上帝：一是器重我的出版社，一是厚爱我的读者。出版社使我的陋室个体劳作得以转化为一种社会现实，读者则是我即使在倒霉的时候，也可以指望的精神支撑点。在《且说这根芦苇》中，我讲过这样两句话："我这个人最经受不住的就是别人对我好，凡遇此情形，我就有向对方掏心窝的冲动。"今天，大家对我这样好，我想讲几句掏心窝的话。

我感恩，我感谢海天出版社的知遇之恩，他们的尹总尹昌龙先生早就因萨特与我神交已久，几年前，是他们的老总与责编敲开了我那寒碜不堪的陋室的门。门口一直挂着"年老有病，谢绝来访"的纸牌，他们以诚相见，委以重托——《世界散文八大家》与《本色文丛》的主编工作，而后，又主动提出了出版《柳鸣九文集》的建议与要求。感于他们的诚意与他们的效率，我把《文集》交给了他们，在这个问题上，我对不起另一家对我也有知遇之恩的河南文艺出版社，实际上，是河南社早于海天向我提出了出版 15 卷《文集》的要求。在这里，请允许我向河南文艺出版社表示衷心的歉意，并向你们保证，一定尽我的努力帮你们把《当代思想者自述文丛》办起来，以作为弥补。当然，我还要对海天出版拙《文集》所付出的辛劳表示感恩，他们对《文集》的重视大大出乎我意料，仅首发式与座谈会就开了三次，一次在北京，一次在香港，一次在深圳。

我感恩，我感谢今天来参加首发式与座谈会的朋友们对我的包涵之恩（我有不少毛病与缺点）；对我的关注之恩（我本是不起眼的矮个子）；对我的抬举之恩（面对如此多的溢美之词，我受之有愧）；对我的捧场之恩、合作之恩（在场的有很多都曾是我的一些项目合作者）。能与诸位同道、同行，与诸位合作结缘是我平生的幸事。

在座不止一位朋友都言及我为本学界做过的善事，甚至用了“有知遇之恩”“提携支持”等溢美之词，其实，要答谢知遇之恩的，应该是我。我还要请在座的诸君，向由于各种原因而未出席的朋友，转达我的问候与祝愿。

按照致辞的一般惯例，我应该感恩、感谢的，不言而喻，还有祖国、人民、父母、师长、母校、组织、领导、亲友……对我而言，特别还有并非亲人却情同亲人的一个农民工三口之家，他们使我长期在空巢老人的生活中，也得以享受了准天伦之乐、亚天伦之乐，并且四体不勤而衣食无忧。

我身高一米六差一公分，智商水平为中等偏下，既无书香门第的家底，又无海外深造的资历，不论从哪个方面来说，在人才济济的中华学林，都是一个矮个子，幸好有北大燕园给我的学养为本，凭着笨鸟先飞、笨鸟多飞的劲头，总算做出了一点事情，含金量不高，且不免有历史时代烙印。归根结底说来，我只是浅水滩上一根很普通的芦苇，一根还算是帕斯卡所说的那种“会思想的芦苇”。

我知道，个体人是脆弱的，个体人是速朽的，个体人的很多努力往往都是徒劳的，如西西弗推石上山。但愿我所推动的石块，若干年过去，经过时光无情的磨损，最后还能留下一颗小石粒，甚至只留下一颗小沙粒，若果能如此，也是最大的幸事。历史文化发展的无情规律便是如此，我们面临的必然天命便是如此。

谢谢！谢谢！

2015年9月5日

于北京飞天大厦

辑二

“盗火者文丛”序

鲁迅曾把从事西方文化研究、翻译、介绍工作的人，称为普罗米修斯式的“盗火者”，对这类人来说，这无疑是一种荣誉。

在此称谓中，其行为性质之有益、目的理想之崇高与行为方式之尴尬、之被侧目而视，虽成强烈的反差，但其所具有的悲怆性是不言而喻的。不过，以平常心观之，而不加拔高与崇高化的话，那么，应该说，这种悲怆性与其说是完全来自这种工作与事业本身的内在价值，不如说在很大的程度上是侧目而视的社会环境、时代条件所造成的，是“时势造英雄”的结果。

说到火，人们常常很容易联想到“星星之火可以燎原”的那个火，那革命之火，其实，这是一种褊狭的理解。火在人类的发展过程中，远远并非革命之火、斗争之火、造反之火，并非我们曾亲身感受过其炽热度、其灼伤度、其毁灭性的那种火，而是人类从野蛮状况走向文明状况的第一个标志、第一个牵动力。对于人类而言，它首先意味着光亮，意味着温暖，意味着熟食，它代表了文明，代表了进步，代表了工艺，代表了科学，代表了光明，代表了思想意识的飞跃，代表了可持续的社会发展与确确实实的社会进步。

以此观之，在20世纪中国的条件下，这火，概而言之，就是科学与民主，是人文主义、人道主义，就是新观念、新思维、新视角、新方式、新方法。在泱泱古国里，这些东西有多少根基，有多少存货，我们不必妄论，但至少可以说是不够用的，于是，就有一个引进的需要。而引进者不过就是古丝绸道上的贩运者、驼队，就是在大江阻隔下的摆渡者而已。鲁迅所指不外如此，并无惊天动地之意，只不过由于中国社会积习甚深，惯性甚大，反倒常常容易引起侧目而视，甚至阻力重重，引进者、摆渡者反倒成为盗者。

在20世纪的中国，不论引进的通路是否崎岖，不论摆渡的航道是否曲折，这条道上之人倒是络绎不绝的，完全堵塞的时日毕竟有限。在这条道路上前者呼，后者应，行者不绝于途，即使也有彻底杜绝、被根除的时期，但春风吹又生，后继者仍踽踽前行不止。于是，一个世纪下来，在中国就形成了一种特定的文化景观，盗火者景观、摆渡者景观，这一景观就像古丝绸道上的行者与驼队的景观，值得后人念想，值得后世留存，哪怕只是若干浮光掠影、断简残篇。

这便是我编选“盗火者文丛”的初衷与立意。

20世纪，在中国，致力于研究、翻译、介绍西方文化并有突出业绩的人士，多如满天繁星。当然，其中更对跨学科文化有广泛兴趣，更对社会现实有人文关切，并常发而为文，产生了社会影响，形成了学者散文此一特定文化景观的才人，其数量相对会较少一点，即使如此，为数亦很可观。以这一景观为编选对象，本应是一项巨型的文化积累工程，然而，在物质功利主义大为膨胀的条件下，人文出版殊为不易，加以版权壁垒的限定更增加了难度。幸有中央编译出版社，特别是其负责人韩继海先生出于无私的人文热情，大力予以支持，得以出版目前的 10 种[1]，权作为抛砖引玉，以对社会人文积累略作奉献，以期待更有希望的来日。

最后，对各集作者与作者家属的合作表示衷心的感谢！

2004 年 8 月

---

1 这 10 种书是：冯至《白发生黑丝》、李健吾《咀华与杂忆》、卞之琳《漏室鸣》、梁宗岱《诗情画意》、萧乾《旅人行踪》、许渊冲《山阴道上》、绿原《寻芳草集》、高莽《心灵的交颤》、蓝英年《历史的喘息》、柳鸣九《山上山下》。

诺贝尔奖作为一种价值标准

——“全球诺贝尔奖获得者传记大系”总序

古往今来，在世人的头上，曾高悬着各种价值标准，而种种名义的荣誉，从爵位勋章、圣徒称号到奖状奖金，则为价值标准的最高物化体现。价值标准连同它们的绶带，如巨光吸引着芸芸众生竞相追求，舍命飞扑，造成了历史的与人生的五光十色的景象。价值标准是人制订出来的，绶带奖章是人制造出来的，人又以自己的造物为理想为目标，人是奇妙的上帝，他自编自导自演了规模宏大、壮丽非凡的追求奇观。

每一种价值标准，不论是政治法权的，宗教道德的，社会文化的，学术技艺的，都曾力求保持自己的庄严崇高的仪表，都曾声称自己的绝对与永恒。然而历史是无情的，它总要把各种价值标准召唤到它的审判台前来加以检视，让它们辩明自己继续存在的理由，它严格地精选出符合人类发展方向、有助于历史进程、适应广大人群的利益与需要的那些价值标准，让它们成为支撑人类永恒精神文明建构的有力支柱，而汰除掉那些出于谬误观念、狭隘利益、偏激需要的价值标准，不论它们是以何种神圣的名义而显赫一时，且具有不可抗拒的威严。

1888年的一天早晨，艾尔弗雷德·诺贝尔醒来，竟读到了他本人的讣告。这是新闻界报道失误，去世的原来是他的哥哥。这则讣告把他盖棺论定为“甘油炸药大王”，给他提供了一个身后的视角来认识自我，他看到了自己在世人心目中的形象，不禁感到了震动。正是这个原因，促使他立下了遗嘱，用他的巨额财富设立奖金，以奖励对人类和平进步事业以及创造性精神劳动作出杰出贡献的人士。

诺贝尔所发明的甘油炸药因带来大规模杀伤性的战争，而常遭到诅咒，只有当人们需要开山劈岭时才想到它的益处。然而，诺贝尔终于以诺贝尔奖的设立而更著称于世。人对抗自己，人也可以弥补与重建自己。诺贝尔提供了一个范例。

从1901年起，诺贝尔奖分物理、化学、生物、医学、文学与和平六个方面开始颁奖，1969年，又增设了经济学奖。每年颁奖一次，至今获奖者已达到数百人之多，在价值标准如林、奖章奖杯奖状何止千万的20世纪，诺贝尔奖无疑已成为影响最大、涵盖面最广、最为崇高、最受人景仰的一种殊荣。诺贝尔奖获奖项目已成为21世纪人类创造性精神活动与进步事业的集中展现，而摘取了诺贝尔桂冠者已形成了21世纪人类真正精英的一支不小的团队。

在20世纪这样一个各种意识形态、各种制度、各种民族国家利益、各种思想观点尖锐对立、激烈撞击的时代，诺贝尔奖历年各方面的颁奖对象，并非从未引起过任何异议。这是不可避免的，是很自然的。但比起各种偏激狭隘的标准，诺贝尔奖毕竟更具有广阔的视野，博大的胸襟，公正的态度，合理的取舍，毕竟是为地球上更广大的人群所认同、所推崇，毕竟更经得起历史的检验，而它之所以能保持这种全球性的崇高地位与长存性，就在于它的价值标准中有一最简单然而也最可贵的精髓，那就是提倡为全人类的进步而有所作为。

有所作为，是人存在的真谛。虽然中外均有不少彻悟出世、超凡脱俗之士曾提倡过无为的人生，但所幸从者甚少，且亦难以做到，若人群皆以无为为本，人类恐怕还处于茹毛饮血的原始阶段。正是人的有所作为，推动了人类的进步，而且，个体人的有所作为，不见得就是迷途入世而未达到彻悟，最深刻、最有力的彻悟，是西西弗斯推石上山式有所作为的彻悟。个体人在推石上山时所要付出的艰辛，足以使他内心感到充实。当然，西西弗斯推石上山也有不同的境界与层次，当其理想目标、坚毅精神、艰苦奋发达到了促进人类进步的境界与层次时，其人生即为充实的人生，即为超越于死亡的不朽的人生。

诺贝尔奖获奖者，就是西西弗式的巨人，他们的人生是充实的、不朽的人生。

1996年10月

纯净空气与人文书架

有幸活到20世纪终结之年，不免对即将来临的华夏新世纪东张西望。积数十年之布衣经验，深感在社稷大事上愿望不能太多太急切，否则就会自寻烦恼，甚至更糟，当然，有些事更不能去越位奢想奢谈。作为一个北京市民，但愿下世纪的空气尽快达到一二级，我自己恐怕是呼吸不上了，只是为后人着想。作为精神文化领域里的一个劳力，则希望，在提倡购置汽车的热潮中，每个家庭多添两个书架，上面多陈列几套有人文价值的世界文化名著，这也不是因为与我本人的工作有关，我辈不久就将完全退出这个领地，但我深知，一个人文精神失落的社会将是一个不健全、甚至是很危险的社会。

1999年元旦

（这是十几年前的事情了，时值1999年，北京某大报在新年元旦，为了辞别旧岁，迎接新年，决定发表一组文化人的祝辞。由于是这么一个年份，这就不仅仅是一个新年元旦的祝辞了，而且也带有新世纪祝辞的意味。我应邀写了一则，也登载出来了。

前些时候，整理陈年旧稿时，无意发现此文，出于好奇，瞄了一两眼，虽然立意浅薄，词语粗糙，但深感文中的愿望仍然没过时，仍然没失效，甚至问题更加突出，事情更为严峻。以空气而言，近几年又添加了一个霾字，气象台经常告诫人们，“尽量少在户外活动”；以汽车热潮而言，又多了一个挤字，车挤路堵，比 1999 年更甚，以至在北京一想起出行就犯愁；而以人文书架而言，前几年以来，一直有书店纷纷倒闭声不断传来。不进则退，不进反退，没想到十几年前一点小小的愿望，倒更加成为了离我们更遥远的理想……

正是因为这个原因，且允许我把这张破纸再收进这个集子。旧稿重用，需略作说明，绝非为了稿费。根据国家标准，这篇小破文的稿费，大概可以让我早晨到小馆子里去，吃一顿还算比较丰富的早餐，一碗豆腐脑，再加两个油饼。）

2016 年 3 月 12 日

《本色文丛》总序三篇

——关于学者散文

总序一

深圳市海天出版社似乎颇有点散文随笔情结，前几年，他们请季羡林先生主编了一套“当代中国散文八大家”丛书，效果甚好。于是，他们再接再厉，又策划出新的书系“世界散文八大家”。可惜此时季老先生已经仙逝，他们只好退而求其次，请柳某出面张罗。此“世界散文八大家”，召集实不易，漂洋过海，总算陆续抵岸。但书系尚未全部竣工之际，海天又策划了一套新的文丛，以现今健在的著名文化人的散文随笔为内容。大概是因为柳某与海天社已有一次愉快的合作，自己也常写点散文随笔，又身居人杰地灵的北京，便于以文会友，于是，他们又要柳某出面张罗。这便是这套书系产生的来由。

什么是散文随笔？前几年，一位被尊为大师的权威人士曾斩钉截铁地谓之为“写身边琐事”。我曾努力去领悟其要义，但就自己有限的文化见识，总觉得这个定义似乎不大靠谱。就身边而言，散文随笔的确多写与自己有关的人或事，但远离自己的人与事入文而成经典散文者实不胜枚举；就琐事而言，散文随笔写人写事的确讲究具体而入微，见微知著，以小见大。但以经国大业、社稷宏观、高妙艺文、深奥哲理为内容的名篇也常见于史册。不难看出，对于散文随笔而言，题材不是问题，任何事物皆可入散文，凡心智所能触及的范围与对象，无一不可成就散文也。故此，窃以为个人心智倒是散文的核心成分。

那么，究竟何谓散文呢？散文的基本要素究竟是什么呢？如果用定义式的语言来说，散文就是自我心智以比较坦直的方式呈现于一定文学形式中，而自我心智者，或为较隽永深刻的自我知性，或为较深切真挚的自我感情。说白了，如果是思想见解，当非人云亦云，而多少要有点独特性，多少要有点嚼头与回味；如果是情感心绪，那就必须是真实的、自然的、本色的、率性的，而要少一些矫饰，少一些虚假，少一些夸张。是的，尽可能少一些，如果不能完全杜绝的话。诗歌中常有的那种提升的、强化的、扩大的感情似乎不宜入散文，还是让它得其所哉，待在诗歌里吧。

至于一定的语言文学形式，不外意味着两点，一是非韵文的，这是散文有别于诗歌的最明显的标志；二是要有一定的修饰技巧，一定的艺术化，这则是散文随笔不同于公文告示、法律条文、科普说明以及各种大白话的重要标志。

这便是我所理解的散文随笔。我在自己的学术专业之外也经常写一些散文随笔，就是按照自己以上的理解来炮制的。今天，我被委以主编重任，也是按照自己以上的理解来操作的，至于我在自己的散文随笔中是否完全实践了自己的理念，是否达到自己的理念，在这次主编工作中是否有不合理、不入情的要求与安排，那就很难说了。呜呼，知与行的脱节与矛盾，人的永恒悲剧也。

出版社在策划这个书系的时候，规定约稿对象为当今的文化名家。当今的文化名家种类何其多也：有在荧屏上煽情与讲道的主持人，有靠摆 pose 与哭功而大富特富的影视大腕，有靠搞笑与搞怪的演艺奇才……人人都在写散文随笔，这大有成为当今散文随笔的主旋律之势。但按我个人的理解，这里所讲的文化名家不外是两种人，即具有作家文笔的著名学者与具有学者底蕴的著名作家，这两者的所长正是我对何为散文理解中所谓的心智这一大成分。

由于我自己的圈子所限，这一辑的约稿对象全是上述的第一种人，即具有作家文笔的著名学者，而且基本上都是弄西学的学者或游学国外多年的学者[1]，多散发出一点洋味的人。

学者写散文似乎有点不务正业，有点越界，侵入了文学家地盘。但对于学者来说，特别是对人文学者来说，却完全是兴

---

1 本辑的八位作者及作品分别为：许渊冲《往事新编》、叶廷芳《信步闲庭》、刘再复《岁月几缕丝》、柳鸣九《子在川上》、张玲《榆斋弦音》、高莽《飞光暗度》、屠岸《奇异的音乐》、蓝英年《长河流月去无声》。

之所至，是一种必然。他本来就有人文关怀、人文视角、人文感情，这种心智状态、心智功能，一触及世间万物，就莫不碰撞出火花。只要有一点舞文弄墨的兴趣、冲动与技能，自然而然就可以产生出有点意思的散文随笔了。虽说舞文弄墨也是一种专门技能，需要培养与操练，但对于弄西学的人文学者来说，整天在世界文库里打滚，耳濡目染，这点技能是可以无师自通的。况且，人文学者于散文更有自己的优势，毕竟，他的知性是向全人类精神文化领域敞开的，他的目光是向全世界各种事物投射的。其散文随笔的题材自是更为丰富多样，投射观察的目光自是更为开阔高远。而得益于世界各种精神文化的滋养，其可调配的颜色自是更为丰富多彩：说不定，也许我们这个时代有意思的散文随笔正是出自学者笔下呢，学者散文实不容当代文学史家忽视也……

所以，我有理由相信，这一套《本色文丛》多多少少会给文化读者带来一点不一样的感觉。

2012 年 5 月

总序二

《本色文丛》的缘起，我已经在前序中做了说明，只不过，在受托张罗此事的当时，我只把它当着一笔一次性的小额订单：仅此一辑，八种书而已，并无任何后续的念头与扩展膨胀的规划，于是，就近在本学界里找了几位对散文随笔写作颇有兴趣、颇有积累的友人，组成了文丛第一辑共八种。出版后不久，我正沉浸在终结了一项任务后的愉悦感之际，海天出我意外地又提出了新的要求：要柳某把《本色文丛》继续搞下去，且不排除“做到一定规模”的可能……看来，我最初的感觉没有错：海天确有散文情结，不是系于一般散文的情结，而是系于文化散文的情结，而且，也不仅仅于此一点点情结，而是一种意愿，一种志趣，一种谋划，一种努力的方向，一种执着的决断。果然，最近我从海天那里得到确认，他们正是要在深圳这块物质财富生产的宝地上，更多营造出一片郁郁葱葱的人文绿意，而这正是海天近年来特别致力的目标。

在物欲横流、急功近利、浮躁成性、人文精神滑落、正面的价值观有时也不免被侧目而视的社会环境中，在低俗文化、恶俗文化、恶搞文化、各种色调的作秀文化（纯白的、大红色的、金黄色的）大行于道、满天飞舞的时尚中，在书店一片倒闭声中，有一家出版社以人文积累为目的，颇愿下大力气，从推出《世界散文八大家》再进而打造一套文化散文的丛书，这种见识，这份执着，这份勇气是格外令人瞩目的。每当我看到或遇到有出版社表示出这一类的人文激情，我就情不自禁表示敬重，情不自禁唱几句赞歌，当然，也乐于应邀略尽绵薄之力，这几年来，我这么干已经不是第一次了。

海天要的文化散文，不言而喻，即文化人的精神文化产品。关于文化人，我在前序中说过这样的理解：主要是指有作家文笔的学者与有学者底蕴的作家，如果说《本色文丛》第一辑的作者，基本上是第一种人，第二辑则基本上都是第二种人[1]，这样，“本色文丛”总算齐备了文化散文的两种基本的作者类型，有了自己的两个主要的基石，形成了一个初步的平台。

不论这两部分人有哪些差别，但都是以关注社会的人文状况与人文课题为业，不同于以经济民生、科技工艺、权谋为政、运营操作为业者，也不同于穿着文化彩色衣装而在时尚娱乐潮流中的弄潮者，也可以说，这两部分人甚至是以关注人文状况与人文课题为生，以靠充当“精神苦役”（巴尔扎克语）出卖气力为生，即俗称的爬格子者，他们远离于社会权位与财富利益的持有与分配，其存在状态中也较少地掺和着权谋与物质利益的杂质，因而其对社会、对人生、对人文、对自我、对普世价值也就可能有更为广泛、更为深刻、更为真挚的认知、感受与思考。

在时下这个功利主义张扬、人文精神滑落的时代环境中，且提供一些真实的不掺杂土与沙子的人文感受、人文思考，为我们这个时代留下一份份真情实感的记录，留下一段段心灵原本感受的再现，留下一幅幅人文人生的图景，这便是《本色文丛》所希望做到的。

2013 年 4 月于北京

---

1 《本色文丛》第二辑八种是：邵燕祥的《坐看云起时》、李国文的《纸上风雅》、刘心武的《神圣的沉静》、谢冕的《花朝月夕》、王春瑜的《青灯有味忆儿时》、何西来的《母亲的针线活》、肖复兴的《花之语》、潘向黎的《无用是本心》。

总序三

存在决定本质。

本质不是先验的，不是命定的，而是创造出来的，是发展出来的，是做出来的，是自我选择的结果，是自我突破与自我超越的结果。对于一个人的发展是如此，对于《本色文丛》何尝不是如此。

《本色文丛》已经有了三辑的历史，参加三次雅聚的已有二十四位才智之士[1]，本着共同的写作理念，各献一册，色彩纷呈，因人而异，一道人文风景已小成气候矣，而创建者海天社则面对商品经济大潮、低俗文化、功利文化与浮躁庸俗风气的包围，仍我自岿然不动地守望人文，坚持不懈，合作双方相得益彰，终使《本色文丛》开始显露了自己的若干本色。最为明显的事实是，参加《本色文丛》的雅聚的终归就是两种人，即具有作家文笔的学者与具有学者底蕴的作家。这构成了《本色文丛》最主要的本色。

以学者而言，散文本非学者的本业，对散文写作有兴趣而又长于文笔、乐于追求文采者实为数甚少。以作家而言，中国

1 《本色文丛》第三辑的八种是：乐黛云的《山野 命运 人生》、赵园的《散文季节》、梁晓声的《好女人是一所学校》、施康强的《秦淮河里的船》、李辉的《亦奇亦悲二流堂》、龚静的《行色》、卞毓方的《美色有翅》、谢大光的《春天的残酷》。

作协虽号称数十万的成员，真正被读书界认为有学者底蕴、有厚实学养、有广博学识者，似乎是寂寂寥寥。《本色文丛》所倚仗的虽有两种人，但两者加在一起，在爬格子的行业中也不过是小众，形成不了一支人马，倒有点 élites 的味道了。究竟这是中国文化昌盛、文学繁荣的正常表征？还是文化文学底气不充足、精神不厚实的反映？我一时还不好说。

实事求是地说，我个人在《本色文丛》中的潜倾向是更多地寄希望于有作家文笔的学者，这首先与我职业的限定性与人脉的局限性有关。我供职于学术研究单位，本人就是学林中的一分子，活动在学者之中较为便利，较为得心应手，而于作家界，我是游离的、脱节的，虽然我也是资深的作家协会会员，是两届作家代表大会的代表。但有上述潜倾向，更主要是源于我对散文随笔的认识，或者说是对散文随笔的偏见。

在我看来，散文随笔这个领域本来更多的是学者的、智者的、思想者的天地。君不见，在散文随笔的早期阶段，哪一位开辟了这片天地的大师不是这一类的人物？英国的培根、法国的蒙田、美国的爱默生……也许，是因为散文随笔的写作相对比较简易、便捷，不像小说、诗歌、戏剧那般需要较复杂的艺术构思，对于笔力雄健、下笔神速而又富有学养的作家而言，似乎只是小菜一碟，于是，作家中有不少人也在散文随笔方面建树甚丰，如雨果、海涅、屠格涅夫以及后来的马尔罗、萨特、加缪等，马尔罗是先有小说名著，后有散文巨著《反回忆录》，萨特与加缪，则一开始就是小说、戏剧创作与散文写作左右开弓的。不论怎样，主要致力于形象创造的作家，如果没有学者般的充沛学养、丰富学识，没有哲人、思想者的深邃，在散文随笔领域里是写不出一片灿烂风光的。

以文会友之聚的参加者是什么样的人，自然就带来什么样的文，自然就带来什么样的文气、什么样的文脉、什么样的文风、什么样的文品，甚至是什么样的文种。《本色文丛》的参与者，不论是有作家文笔的学者，还是有学者底蕴的作家，其核心的特质都是智者、都是学人、都是真正意义上的文化人，而不是写家、写手，更不是出自其他行当，偶尔涉足艺文，前来舞文弄墨、附庸风雅一番的时尚达人。因而，他们带来的文集，总特具知性、总闪烁着智慧、总富含学识、总散发出一定的情趣韵味，如果要说《本色文丛》中的文有什么特色的话，我想，这大概可以算吧！对此，我不妨简称为学者散文、知性散文，我把“学者”二字作为一种散文的标记、徽号，并没有哄抬学者、更没有贬低作家的意图与用意，以“学者”来称呼一个作家，或强调一个作家身上的学者一面，绝非贬低，而是尊敬，刘心武先生在他的自我简介中，干脆就把自己的学者头衔置于他的作家头衔之前，可见他对自己的学者身份的重视。我想，这是因为，他从自己的“红学”研究里，深知学之可贵、学之不易。我且不说学对于人的修养、视野、深度、格调的重要意义，即使只对狭义的具体的写作，其意义、其作用也是不可估量的。

学者散文的本质特征何在？其内核究竟是什么？其实，学者散文的内核就是一个学字，由学而派生出其他一系列的特质与元素，有了学，才有见识、才有视野、才有广度、才有大气；有了学，才有思想闪光、才有思想结晶、才有思想深度、才有思想力度；有了学，才有情趣、才有雅致、才有韵味、才有风度。从理论逻辑上来说，学者散文理当具有这些特质，具有这些优点，这些风致，至于实际具有量为多少，具有程度有多高，则因人而异，决定于每个人不同的经历、学历、学养、学科背景、知识结构、悟性、通感、吸收力、化解力、融合力等主观条件。

就人的阅读活动而言，不论是有意地还是无心地去读某一本书或某一篇文章，总带有一定的需求与预期，总是为追求一定的愉悦感与审美乐趣才去读或者才读下去的。如果要追求韵律之美、吟哦之乐，以及灵魂与主观精神的酣畅飞扬，那就会去找诗歌，如果要观赏社会生活的形象图景、分享人物命运际遇的苦乐，那就会去找小说与戏剧。那么，如果在读散文随笔，那又是带着什么需要、什么预期呢？散文随笔既不能提供韵律之美、吟哦之乐，也不能提供现实画卷的赏鉴之趣，它靠什么来支付读者的阅读欣赏之需呢？它形式如此简易，篇幅如此有限，空间如此狭小，看来，它只有靠灵光的一闪现、智慧的一点拨、学识的一启迪了，如果没有学识、智慧与灵光，散文随笔则味同嚼蜡矣，即使辞藻铺陈、文字华美。而学识、智慧与灵光，则本应是学者的本质特征与精神优势，因此，在散文随笔天地里，自然要寄希望于学者散文，自然要寄希望于学者写散文，自然要寄希望于多多展示弘扬学者散文了。

这便是《本色文丛》的初衷，《本色文丛》的图谋，《本色文丛》的夙愿，而这，在物欲横流、人文滑坡、风尚低俗、人心浮躁的现实生活里，未尝不是一股清风，一剂清醒剂。

2015年9月8日

《外国文学经典》丛书总序

壬辰年开春后不久，寒宿来了河南文艺出版社的两位来访者，近几年来，陋室门口一直张贴了“年老多病，谢绝来访”的奉告，但来访者以热诚与执着而敲开了家门者，亦偶尔有之，这次河南文艺出版社的两位就是一例。这是因为他们几年前出版过我的《浪漫弹指间》一书，说实话，该书的装帧与印制都很好，精良而雅致，陈列在北京各大书店的架子上，相当令人瞩目，比起名列前茅的出版社的制品，有过之而无不及。那时，社会上正流行一些关于河南人的偏颇谬误之词，面对着这本书，我却不止一次这样想，“河南人不是也很行吗？”这次来访者中正有一位是我那本书的责编，虽说我们从未见过面，也从未通过话，总也算是故交老友吧，我岂能做忘恩负义的事？何况，他们两位特别郑重其事，还持有一位与我曾经有过愉快合作的长者屠岸先生的介绍信，我岂能不热情待客？再说，他们也没有像一些来访者那样提着烟酒上门，正撞了我这个烟酒不沾者的忌讳，他们提着一包河南土特产——铁棍山药，迎面扑来一种质朴的乡土气息。

他们的来意很明确：河南社过去不搞外国文学作品的出版，现今决心从头开始、白手起家，而且，不是零敲碎打地搞，而要搞成一定的规模，一定的批量，不是随随便便草率地搞，而是要搞得郑重其事，搞出一定的品位，经过社内各方面各部门协同的反复考量与深入论证，决定创建一套《外国文学经典》，为此，他们特来征求我的意见，特别是寻求我的帮助与支持，希望我出任主编。当然，他们还做了其他方面的准备，如聘请美术高手设计装帧与格式，请艺术史家提供插图与图片……

这便是眼前这套书最初的缘由。

全国的粮食大省，中华大地上的主要谷仓，现在要推出新的文化产品、精神粮食了，这是很令人瞩目的一件事。“河南人能，河南人行”，我当时一听到河南文艺社的这一宏图便这样认定，在我看来，特别难能可贵的是他们这种对精神品位的追求与人文热情，是他们进行开拓领地的勇气与坚挺自我价值观的执着精神。

他们要致力于外国文学名著的出版，其精神品位的追求与人文热情是显而易见的。众所周知，世界文学从荷马史诗至今，已经经历许多世纪的历史，积累下来无数具有恒久价值的作品与典籍。这些作品是各个时代社会生活形象生动、色彩绚烂的画卷，是各种生存条件下普通人发自灵魂深处的心声，是各个社会发展阶段人类群体的诉求与呼唤，这些作品承载着人类的美好愿望与社会理想，富含着丰富深邃的人文感情与人道关怀，所有这些，只要人类社会存在一天、发展一天，就具有无可辩驳的永恒价值，何况，这些典籍还凝聚着文学语言描绘的精湛技艺，可以给人提供无可比拟的高雅艺术享受。不言而喻，作为在文化修养上理应达到一定水平的现代人，饱读世界文学名著，是不可或缺的人生一课。

可以说，致力于外国文学的出版，是一项具有全民意义的社会文化积累工程，是导向理想主义的思想启蒙工程，是造就艺术品位、培养美术趣味的教化工程，是提供精神愉悦与阅读快感的服务工程，这就是为什么在我国，特别是改革开放以来，外国文学读物一直受到广大文化公众热烈欢迎的原因，是外国文学出版一直得到高度重视、高度关注并在整个出版事业中占有较高位置与较大份额的原因。外国文学的编辑出版工作是一项令人刮目相看的事业，致力于出版外国文学作品而闻名的几家大出版社往往得到了更多的社会关注与文化推崇，在出版外国文学作品方面所取得的成功，不仅给这些出版社带来了高度的文化声誉，而且还有巨大的经济效益，有的出版社因此而建起了漂亮的办公楼，令人羡慕的员工宿舍，有的书商则靠外国文学出版而完成了令人咋舌的原始积累。河南文艺出版社何以过去忽略了外国文学的出版，我不清楚，但亡羊补牢，犹未为晚，河南文艺出版社这次进行新的开拓，必将给河南的出版事业带来若干新意，如果运作得好，也会带来精神文化与物质经济的双效应。

应该看到，2012 年毕竟不是改革开放伊始的 1978 年，社会条件与文化环境已经有了新的发展与变化，外国文学的出版在这些新变化面前必然遇到新的挑战与困难，举例说，当前书店一片倒闭声就是人们所未曾料想到的，书店是任何出版物面世的展台，更是销售流通的平台，书店纷纷倒闭，对出版业绝不是利好的消息。当然，传统的书店萎缩了，网上书籍销售的业务却火了起来，真正的对外国文学出版形成冲击的是：物质主义文化的盛行与人文主义文化的滑坡。在社会的物质现实急速发展的某个阶段，物质主义文化与人文主义精神的失衡，是带有某种必然性的，在这样的阶段，现代人群都很忙碌，可自主支配的时间有限，即使是要阅读求知，急于去读的书可多着呢！炒股的书、烹调的书、化妆美容的书，为出国要学的外文书，一时可顾不上世界文学名著，且不说还要为形象视听文化奉献出大量的时间呢。也正因为现代人群生活节奏忙碌紧急，浮躁心理容易趋向粗俗低级的消遣休闲方式：媚俗文化、恶搞文化、搞笑文化、无厘头文化、“看图识字”文化等等大行于道，颇有将经典高雅文化艺术趣味挤压在一旁之势。对于外国文学出版而言，以上这些社会因素都导致外国文学读者的锐减，导致社会人群对经典文学读物兴趣的淡化。具体来说，就是外国文学图书市场的萎缩，这对于外国文学出版事业的冲击是显而易见的。

正是在外国文学出版不甚兴旺、不甚景气的条件下，河南文艺出版社却投身于这一个部类文化的出版，其热情是令人感动的，其勇气是令人钦佩的，既突显出了河南文艺出版社开拓进取的锐气，也突显出其坚挺经典文化价值观的执着精神，正是感于这种精神，我义不容辞地接受了他们对我的委托，也正是感于这种精神，我在译界的好些朋友闻讯后都纷纷献出了自己的高水平译品，而不计较稿费标准的高低与合同年限的长短。

虽然外国文学目前面临着一定的困窘，但远非已陷背水一战的绝境，而仍然有希望在前方。首先是因为世界文库的经典名著，都如奇珍的瑰宝，其价值永世不会磨灭，事实上，它们已经经历了千百年的时间考验，甚至经历过黑暗的、强暴的摧残而顽强地流传下来，绵延不断如一道神泉之水，一直洗涤着、滋润着人类的精神与心灵，过去如此，现在如此，将来也如此，永远具有鲜活的生命力，足以使愚顽者开窍，使梦睡者苏醒，使沉沦者奋起，使浅薄者深化，使低迷者升华。对世人而言，修建了蓄水池，蓄了这神泉之水，永远会有它灌溉心灵的无穷妙用，何况，我们的社会正处于蓬勃发展之中，我们的文化也必然经过一个由粗到精、由低级到高级、由平凡到经典的过程，在这个过程中，历史上存在过的那些文学艺术经典将永远有着参照、借鉴、学习、鉴赏、传承的价值。拥有聚宝盆的人，建有神泉之水水库的人，其富足、其主动，是那些不拥有者、未建有者所远远不能比的。特别是，强大的希望之光，已经不远在望，不久前，党中央发出了建设文化大国的号召，要把华夏大地建设成文化大国，该需要有多少典籍的指导，该需要多少神泉之水来灌溉，从这个意义上来说，河南文艺出版社在此刻决定开拓新的出版领域，致力于外国文学名著的出版，未尝不是有先见之明。

困顿犹在，愿景在前，现在要做的就是踏实努力，奋发前行，坚持不懈。

步入七十九岁之际

写在《当代思想者自述文丛》面世之际

一

汤一介《在非有非无之间》

刘再复《 两度人生》

汝信《往事与反思》

许渊冲《梦与真》

钱中文《文学的乡愁》

钱理群《一路走来》

柳鸣九《回顾自省录》

谢冕《花落无声》

以上这份名单，是一个名为《当代思想者自述文丛》的系列书的书目，这个《文丛》由河南文艺出版社出版，正在浮出水面与读者见面。

不难看出，这八位作者都是学术界为广大读者所熟知的名家。他们的学科不一样，广泛涉及人文学术的宽阔领域：哲学、文学批评、文化思想研究、世界文明史、西方美学、翻译理论与文学翻译实践、中国现当代文学与思想意识形态研究、文艺理论研究、世界文化与外国文学研究、诗学与当代诗歌研究等。

这些作者各自活动在不同的领域，无一不是各自领域中重量级的代表人物或权威，有不止一个跨学科的通才学者，有既具学术特长又凌越于各学科之上进行引领工作的真正学者型的领导者，有对本学科各个方面具有重大影响，有力地带动了本学科发展的领头羊。

他们生活与学术的道路不一样，思想个性形成的过程不一样，知识结构、思想倾向与思想特点也不一样，因而，他们都有自己的文化学术面貌，有各自的才智类型归属，有不同的创作个性、不同的文化性格。有的长于理论思维；有的善于分析解剖；有的善于把控、综合与总结，心存人类精神的各类别与人类文化艺术的各形态，融合比较，建构理论；有的是通译巨匠，在不止一种语言之间游刃有余，表述精到、译笔雄健，译绩浩瀚；有的是文史才俊，能通观并透视文化历史进程，融会贯通，生发高论，巨细兼顾，准确提供文化历史发展的图景画卷；有的是美文名家，既长于修辞炼句的艺技，又具有诗情雅意的底蕴……

《文丛》把他们聚集在一起，在很大程度上，反映了当代中国人文学术文化领域多元化的全景全貌，不同而和，和而不同，正构成了中国人文学界的色彩斑斓，在一定程度上反映了当代中国学术文化的生态与成就，也部分地体现了中国人在社会人文学术领域的层次与水平。色彩缤纷正是社会学术文化思想成熟、有容量的表现，而单一的色调倒是社会学术文化贫乏的特征。虽然我并非局外人，虽然我个人与《文丛》有关，我应该也可以这样说一句,《文丛》是以此为理念的、以此为追求目标的，因而才有这么一次多元化组合、一次多声部合唱，才有这么一个多色调的阵容。

不同而和，和而不同，然而在不同中，他们又有共同的特点。就精神境界而言，他们都有为民族文化积累、为社会文化建设献身的热忱，都有以民为本、以家国为念的情怀，有全人类的人文理想，有全球性的文化视野。就学术水平而言，他们都是本学科、本领域第一流的行家，学识丰厚，学贯中西，富有才情。就学术成就而言，他们都成果丰硕、劳绩厚实、著作等身，或开拓出了学术文化某一个方面的新局面，或推动了学术文化的新发展；就社会作用而言，他们都具有强旺的学术能量与学术爆发力，他们是教授，是学者，是编辑家，是翻译家，是学术文化多面手。他们之中也有学术活动家，但是学有专长，著书立说，创有业绩的学术活动家，远非当前常见的空头学术活动家所能比，他们在论著中、在华章里、在讲坛上、在各种形式的活动中，闪光发热，文化学术力量向四方辐射。就社会影响而言，他们都具有很高知名度，享有高度的社会声誉，拥有大数量的读者、信众、尊崇者，甚至是粉丝，他们的学术文化声誉早已远播国门之外，具有一定的国际影响，不止一个还获得了国际文化的殊荣大奖。他们作为20世纪中国知识界精英，也都在现实环境中经受过严格的磨炼，走过曲折的道路，经历过坎坷的人生，在他们充实的人生经历中，其中又不乏启迪性的引人注目的个人故事。可以这样说，他们既是一个个活生生的人，也是一个个完整的学科，一门门完整的学问，一手手精巧的绝活，一种种鲜活的文化生态，他们反映着文化学术历史，甚至本身就是文化学术历史的一部分，构成了中国当代人文发展史的一个侧影。当然，现今他们无一不年至耄耋，最年轻的也已经七十五岁，似乎都是些过时的人物，但是，过去的历史都是需要留存、需要总结、需要参考的，尤其是对于文化与学术。何况，他们至今仍然老骥伏枥，仍在续写文化史、丰富文化史…… 在这个意义上，《文丛》是在进行留存历史、总结历史的努力。因为，以上这些人物，基本上都是有丰富内容、有人文价值的活化石。

我对以上这些人物的评估，除了在我自己身上且不妨存疑，并欢迎持有异议外，对其他几位而言，并非我出于“同船义气”“自卖自夸”的广告词。我承河南文艺出版社的厚爱与信任，被委以《文丛》主编的重任，对此，我应该正正式式说一句，“敝人深感荣幸！”而且我还要补充说一句，我这个主编，自认为不过是一个门面的张罗者，是一栋文化豪宅的门房，这样说，并非我故作谦虚态，而完全是由衷之言，事实上，以上几位就年岁与资历以及学绩而言，几乎全都是我的学长、学兄。

二

做这样一个项目，固然有我自己的精神过程，有我自己的理念与理解，关于这个方面，说来话长，待以后有机会再说，但这个项目的来龙去脉，毕竟是现实生活中的一段经历，是社会文化生活中的一件实事。这里请允许我稍做说明：

壬辰年开春后不久，河南文艺出版社专程来访，慎重其事地执有我一位老朋友的介绍信，热忱邀请我为他们主编一套外国文学名著大型丛书，诚意感人，热情难却，由此，我与他们有了第一次合作，合作相当成功，出版了《外国文学经典》丛书共六十七种。2012 年，河南文艺出版社又热忱地提出出版大型《柳鸣九文集》(15 卷)，恰谈甚为顺利，几乎接近签订合同，但由于他们遇见了一个更为强劲的竞争者深圳海天出版社，我出于各方面的考虑，将《柳鸣九文集》交付给了深圳海天，由此，对河南社我深感内疚，觉得欠了一位实诚老朋友一大笔账……

也许是因为我多少年前主编过《诺贝尔奖获得者传记丛书》，其主要出版方向被定位为传记文学的河南文艺出版社，又来诚请我相助，为他们主编一套当代社会人文科学名家的自传丛书，对此，我的第一反应就是，这么大的项目不应该由我来做，我也完全没有能力做下来，因为这是一个跨学科的大项目，是一个国家级的项目，要一个草根布衣学者来做，无异于要一只小蚂蚁啃大骨头。而且，第一眼我就深知这样一个项目的难度，至少有这么两大困难：其一，学者不像作家那样对写自传还有那么一些兴趣，几乎没有什么学者有写自传的愿望与计划，即使学者也有部分自述性的文章或作品问世，恐怕大多数往往都是被要求被推动而为之的，以我自己为例，我从来就没有写一本全面性自传的意念，虽然出版过一本《且说这根芦苇》，那也是局部性的文化自述，而且，其中所收集的主要单篇文章，也是不止一个友人怂恿推动了很长一段时间，或者应报刊的需要，才陆陆续续写出来的。因此，要搞一套社会人文科学名人自传丛书，首先，就面临着很难克服的稿源问题。这个困难之外，还有一个大困难，那便是来自社会读书品位的下滑，在物欲泛滥、功利主义张扬、人文精神下滑、人性浮躁的现实环境中，作者对书籍的要求，往往流于实用与好看两个标准。然而，学者生涯无故事，至少可以说，学者生涯少故事，好看的故事更为稀少，浮士德那书斋里面的枯燥生活是没什么可写的，歌德也没写出浮士德在书斋中有什么故事，他的故事都是梅菲斯特带他出了书斋之后才有的。要按时下一般读者的趣味，社科名人自传丛书这样一个项目，是很难有广大读者群的，而缺乏读者的书籍，特别是缺乏读者的丛书，销售量上不去，出版社赚不了钱，想下马势必就下马，这种事情屡见不鲜，我自己就没少碰见过…… 于是犹疑、拖延、推诿、辞谢、裹足不前……这且不说，还摆出以上种种困难，陈词书市形势，告以严峻的经济效益前景，奢谈妄说，消极畏难情绪远远压倒积极进取的精神……

但我没想到的是，河南社仍然执着坚持，不仅这个项目非搞不可，而且还要作为重点项目来搞，并提供了一定的支持与优惠，虽然优惠只是一点小意思，与国家项目有天壤之别，然而毕竟是个意思。河南人真有一股倔劲与韧劲。这两股劲使我感到了惊奇，以我的理解，从这两股劲中，我看到了三种精神，一是坚持人文价值、弘扬人文文化的真挚热情，二是积累有价值的文史资料，留存文化历史的明确意图，三是不顾市场功利主义的得失，坚持为社会文化发展作奉献的诚意。作为一个人文学者，不与这样的出版社合作，不与这样的项目合作，更待何为？何况，我自己就讲过，每遇到这种出版社，我就有唱赞歌的冲动，有玉成其事的冲动，更何况，我还欠了河南社一大笔债呢……这样，我总算做了“试试看”的承诺。

当然有了善良的愿望与决心，并不意味着就没困难了，对困难还是必须有清醒的认识。出于自知之明，我深知，以我的活动领域、人脉关系与知识结构，我是没法完全按照出版社的要求来完成这样一个项目的，必须打折扣，必须缩减规模，必须微型化。经过与出版社的协商，原来大型的社科人文名人传记丛书，就转型为《思想者自述文丛》。规模小多了，形式灵活多了，工作难度降低了不少，这样，我才正式开始了工作。难度虽然降低了，但困难还是不少的，仅在诚邀作者的过程中，我就没少碰钉子，我至少遭到了四五位重量级学术文化大家的婉拒。他们之所以婉拒都是可以理解的，有的年龄已近九旬，已宣告挂笔，有的有重大项目压身，无暇他顾，有的另有写作兴趣，无意于写自传性的东西……但经过一个阶段的努力，总算获得了以上几位学界名流的首肯与承诺。这两三年，他们在百忙之中，从夕阳红的宝贵人生阶段里，分出比黄金还宝贵的时光与精力，专注于为《当代思想者自述文丛》而思考、而写作，其中就有年逾九十高龄的翻译巨匠许渊冲先生。今天，《文丛》正式问世，在此时刻，我首先要向他们的精神与劳作表示崇高的敬意，对他们的合作与理解，对他们给予我个人的支持与关照，表示深切的谢意与感恩之情！

三

经过好一段时间的努力，总算组成了《文丛》的八人阵容，近两三年，每一位作者都在辛劳地写作，时至 2016 年春，八位作者八本书，绝大多数都已完成，有一两种也即将完稿交付。由于钱理群先生应约与动笔都比较早，加以他告退世事，隐居养老院，远离纷扰，专心致志，他的《一路走来》是最早完成的。而且，他这本书的责编，河南社的副总编辑郑雄先生本人早就是一位研究钱理群的专家，在这个课题上的学养本来就比较厚实，因此，其工作进度遥遥领先，这样，钱理群先生的《一路走来》，自然而然就成为了《当代思想者自述文丛》的第一只燕子，飞向了天空。

时为 2016 年 5 月，短短几天之内，该书就在北京大书店的门市以及网上各书店现身，其速度之快，连我也没想到。第一种既出，《当代思想者自述文丛》的基本面貌已经显露在广大读者的眼前。人们一打开《当代思想者自述文丛》的这第一种，很容易就发现了一个明显的事实，此书既没有出版说明，也没有一篇正正式式的总序，在这一类书中，似乎要算是有点异样。对此，我有责任加以说明。

没有为这样一个《文丛》正式写一篇序，似乎是我这个张罗者的失职，在编辑出版过程中，在这个问题上，出版社也曾不无失望。当然，这也有违我自己的常态，我一贯重视书的序言，说老实话，我也比较喜欢写序言，而且，还有“总是写长篇大论序言”的名声。虽然每个长序，我都写得很认真，也很费力气，至少要求自己言之有物，有点深度，尽可能有点思想闪光，但，看来我这个名声似乎是贬多于褒。

按过去的习惯，以这样八位有分量的作者为阵容的《文丛》有太多的内容应该写、应该阐释、应该挖掘，这正是写大序、写长序的大好机遇。但我经慎重考虑，干脆就断了写大序的念想。出于自知之明，我深感在这样一个阵容面前，应切忌自以为是，自得自重，煞有介事，夸夸其谈，而应该谦逊，谦逊，再谦逊。因此，我几乎从一开始就决定只写一篇献词性、礼赞式的东西，思想力求凝练，文笔力求精致，篇幅力求“短些短些再短些”，尽量避免实叙实评，而追求一点意象化，追求一点空灵风致。想得倒是挺美！但做起来，绝非易事。我才情不足，虽做过一些努力，但始终没有写出自己满意的一篇凝练而别致的献词或礼赞，迫于职责的压力，我只好出一下策，找了一根稻草来救命，把我过去在《巴黎散记》中对罗丹著名的雕塑《思想者》的一小段描述摘引出来，权且作为代总序，以履行我忝为主编所不可回避的职责。好在那篇文章曾经入选过不止一个地区的中学语文教科书，至少语言还算通顺，尚可滥竽充数。这段话不长，且摘引如下：

> 院落的较深处，圆锥形的柏树簇拥着一块大理石的基座，上面坐着那个著名的思想者。他全身赤裸，一手放在膝上，一手托着下巴支在腿上，牙齿使劲地顶着他自己的手，全身的肌肉则紧张隆起，似乎在进行一种强度极大的体力劳动。他是一个在思考某种永恒问题的智者？或者就是思考着一切问题，永远也不能从沉思中解脱出来的人类的缩影？不论是前者还是后者，人类进行思考探索，从事精神劳动的崇高与艰辛，不是都完美地、强烈地体现在这苦思冥想的形象中，体现在这既强有力又毫无遮盖与庇护，因而最易于招致伤害的身姿上吗？谁要是为了探索与研究，为了思考与创作而曾竭其心智，而曾度过不眠的夜晚，而曾两鬓添上了秋霜，而曾尝过辛酸与苦涩，一来到这赤身裸体经受着日晒夜露、风吹雨打的形象面前，怎么会不百

感交集、怆然而涕下？

——柳鸣九：《在“思想者”的庭院里》

我之所以决定选这一段话作为代总序，也不完全是偷懒取巧，而是因为这段较短的文字，大致上表述了我对思想者的理解与敬意。其一，思想者是艰辛的精神苦力，他从事的是人类诸多劳动中的一种艰难的工种，他是纯粹的值得尊敬的劳动者；其二，思想者是坦荡的、是赤诚的，在充满矛盾、冲突的现实世界里，他是不设防的，他赤着胳臂面世，这是他的本质，也是他的软肋；其三，无遮掩，不设防，不像战士那样戴着头盔，穿着铠甲，他必然会经受日晒夜露，任凭风吹雨打，这是他存在的状况，甚至就是他的命运。然而他却安于这种命运，忠于他的职守，仍然在进行重体力劳动般的冥思苦想，这种境况中的职守感，足以使人怆然涕下。我想，如果这两三百字，表述出了我对思想者的这种理解与敬意，即使是滥竽充数，也就可以权且充当一篇大致上靠谱的序了。而对我喜欢写长序的名声来说，也未尝不是别致了一次。

2016 年 6 月 1 日

《回顾自省录》自序

我的确做过一些事，有了一些学术文化劳绩与社会影响，溢美之词也听了不少，现在轮到我自己来说自己，自己来剖析自己，自己来评论自己，我该怎么办？

综观中外古今的先例与世态，办法显然不止一个。

最通常的做法是：固本守成。既已有所作为，功成名就，最明智的做法是，正襟危坐，不动声色，谨言慎行，不苟言笑。切忌言多必失，敏感的问题一定绕开，有暗礁的险处一定远离，明面的事情讲得周到圆满，风言风语的事情讳莫如深，总而言之，严谨严谨再严谨。在表述自己、倾诉自己、袒露自己上，保持着高度的理性与自制力，已有作为业绩，何需多言，固本守成足矣，以求善始善终，功德圆满。这是一种无可厚非、本分而正派的常规作法，屡见不鲜。

之二，树碑立传。高奏凯歌，扩大声势，乘胜而为，在已有的作为上，趁势扩充成果。先夯实基础，把不完善的地方修饰修饰，把尴尬的地方掩盖掩盖，把说得过去尚有可取的地方增色添彩，把见不得人的地方涂抹涂抹，把光彩的地方增色增色，形象的完善，高度的上调，成果劳绩名单的扩充增添，内涵的加重，意蕴的深化，影响的扩大。总而言之，放大成就，拔高身姿，美化形象，粉饰缺陷，以高、大、全的形象示人，以求对世人有典范教育作用，令人膜拜，甚至流芳百世。

此外，还有一种更加非常规的做法，简而言之，就是报告文学的客观叙述与小说人物的艺术虚构相结合的办法，补全、增彩、修饰、扩充、想象虚构、艺术构思等，各种手段，无所不用。这种方式，一般人是做不出来也不敢做的，只有特别胆大包天的勇者，才敢于这么做，而且无一不是为了一个大企图，为了一个大目标，为了一个大用场。

还有一个最简单的办法，那就是如实说来，直抒胸臆。这是一种最正常、最合理、最令人信服的方式，当然，也是一种最不容易做到的方式……如果要举出什么范例的话，我想卢梭的《忏悔录》与萨特的《文字生涯》应该算得上。

……

所有这些办法，在我们这个时代，都有各自的需要，各自的理由，本来，每个人愿不愿意谈自己，如何谈自己，谈什么不谈什么，这本身就是他的自由，是他的自我选择，甚至可说是他的天赋人权，至于真实度、由衷度，意义与价值，作用与影响，那就只能任他人评说了。

我怎么做呢？报告文学的实述与小说人物虚构塑造相结合的那种奇特的方法，我当然是不会沾边的，且不说不屑于、耻于这样做，至少是根本就没有这种需要，没有这种自我美化、自我理想化的需要，因为，我既无任何大企图，也无任何大计划。

树碑立传的办法，我也敬而远之。我是深知自己的斤两，自知绝非一块值得树碑立传的料，而且，即使自我膨胀，敢放开胆子去做，也不可能达到“各领风骚数百年”的境界，更不用说流芳百世了。我们这个行当就是在文化之桥上干点搬运活，即使是功成名就，其影响期不过多则十几年、几十年，如果竟然企图树碑立传，岂不流于笑话。

我也决定不采取固本守成的办法，因为，要细心地包裹自己，周密地层层设防，做起来挺费劲、挺累的。我有些偷懒，不愿意费这样的功夫，而且就年龄来说，已身临墓外，似乎也没这个必要了。

想来想去，对我来说，最适合的办法，那就是忠于历史、忠于事实、忠于自我，如实道来，直抒胸臆，这样做，省事省力省心，而且有一次自我袒露、自我倾诉、自我宣泄的难得机会，积淀了这么多年，郁结了这么多年，能有一次释放，岂不是一件痛快的事，甚至也可说是一件幸事。古代治洪有夏禹疏导之策，医术治郁结有舒解之方，安慰悲伤之人有“哭吧，哭出来就好了”的开导语，自我倾诉、自我宣泄，说不定倒有益于健康，有助于延长寿命，何乐不为?

我之所以这样想、这样做，也多少与我的彻悟意识有关。关于彻悟意识，古今中外的先贤，均有不少高论，在《红楼梦》

中的色空说与《好了歌》，就是中国彻悟意识的形象表述，曾经影响了马尔罗、萨特、加缪的帕斯卡关于人的命定性哲理，则是法兰西彻悟意识哲理体系的一个源头。彻悟意识，其实是我自己的一种理解，甚至可以说是我生造出来的一个术语。我所理解的彻悟意识，说得俗一点，就是看透了、看穿了、想通了。我在书斋生活中，拾得先贤的牙慧，多少还认识到了个体人是脆弱的、个体人是速朽的、个体人的很多努力往往都是徒劳的，如西西弗推石上山。在漫长的历史长河中，在既看不到开头也看不到结尾、永无穷尽、永无终结的时序中，个体人是渺小到了不能再渺小的程度，就像一根速朽的芦苇。历史上那么多实在而辉煌的事物，从华丽的宫殿到“笏满床”“歌舞场”“金满箱”“银满箱”，到头来都已经烟消灰灭；历史上那么多典籍都已经尘封泯没，何况是自述文字中故作姿态，做作装扮，添彩美化，虚张声势，最后不过是白费力气，还不如顺乎自然，求真求实。本来活得实在、活得真实，才是整个人生的真谛，何况写作、特别是写自己乎？这该是有为者的胸襟与风度，这样做，何尝不又是一种作为？

基于以上理解，我在自述中要求自己诚实面对自我、面对世人，讲实话、讲真话、直抒胸臆、如实叙说。关于自己写自己的文字，我钦佩、仰慕两本书，一是卢梭的《忏悔录》，二是萨特的《文字生涯》，原因很简单，就是他们写得真，不掩盖自己的缺陷与毛病，做到了有疾不因自我讳。我曾不止一次为这两本书唱过赞歌，今天轮到我来写自己，岂能说一套做一套乎？

这便是我写《回顾自省录》的基本立场。

当然，我们任何一个人，讲任何话，特别是要形之于白纸黑字的话，面对人群与社会的话，不能不受到时代、社会、人群以及制度规范、人际关系、道义责任等各方面的制约，哪些事能讲，哪些事不能讲，如何讲，讲到什么程度，都大有讲究、大有忌讳。因此，有些话题能不能碰尚需与时俱进，以待时日。要绝对地讲实话、讲绝对的实话是很不容易的，有时甚至是不可能的。讲真话、讲实话，在很多时候并不决定于讲话的人，而决定于客观的条件、规范、人际关系以及道德标准。不言而喻，我这本书作为自述自省，不能说是完全的，也不能说是彻底的。

但是，不管怎么样，我至少可以说清楚我是怎么一个人，我是芸芸众生中怎么一个凡夫俗子，我的一些事情是怎么做出的。我并不想藏在严肃理论与学术术语所织成的意识形态厚厚帷幕的后面；我并不想在富有诗意的文化面纱之后若隐若现；我也不想在我那些人文书架的左右，借文化的光彩照亮我自己；我也不想穿着或闪闪发亮或高雅美观的外衣，呈现为一个光亮的形象。我想，我也只应该如罗丹的思想者那样，没有遮掩、没有装点、赤着胳臂面世。这是思想者的本性，也是思想者的软肋，这是思想者的命定，也是思想者的使命。在这本书里，我正就是着力于讲清楚两件事：我不过是这么一个凡夫俗子式的人；我所做的事，不过是如此这般做出来的。

2016 年 4 月 30 日

辑三

且说大仲马移葬先贤祠

——当代法兰西文化观察随笔之一

世界的头条文学新闻

有一条世界性的文学大新闻已经过去快一年了。如果在当时就发表议论，那就是作时事评论，而作时事评论似乎是电视台、报纸评论员的专务。但事过一年，如果表述表述看法，那就只是文化思考的事了，而在当今世界上，多元的、多视角的文化思考，正是 21 世纪世界丰富多彩性最应该有的、最正常不过的表现形态，怎么多也是不过分的，中国的文化人越来越多地参与其中了。

这条消息当时在全世界显然产生了轰动性的效应，远比某位作家获得了当年的诺贝尔文学奖的消息要轰动许多，因为从巴黎发射出来的电波，使全世界在荧屏上看到了如此隆重的画面：法国巴黎举世闻名的先贤祠里灯火通明，大仲马的灵柩由 6 名共和国卫队士兵肩负，移入了祠内，陪送的有共和国的总统、总理、政府大员以及各界名流，盛大的场面足以使人一生难忘。而盛典中对大仲马的崇高评价则使人耳目一新，如称大仲马如同江河般浩大的文学业绩，“展开了一个永恒、多虑、战斗、英勇与优雅的法兰西的画卷”，等等。

这显然是一个政府行为，而且是精心策划、出手漂亮、效应巨大的政府行为，是当代世界中政府文化运作的一次杰作。首先，它靠大仲马这个在全球闻名遐迩的声望，再次提示并强化法兰西在世人心目中世界文化大国的声誉与地位。其次，它通过将大仲马“挪个窝”，从他的故乡移葬到先贤祠，宣示了一种颇有新意的文学价值观，这种价值观尽管尚未以理论语言有明确的表述，但已经使人有了实实在在的感觉，我们对它姑且暂以“通俗文学崇尚”一词名之，它是否会像麦当劳在当代饮食文化中那样标志的快餐时尚，在文学中将引导“通俗文学美崇拜”虽然不敢过早断言，但毫无疑问的是，法国当局已经非常成功、非常戏剧性地显示出了自己独特的文学见解与专业水平。

而且，令人赞叹的是，如此全球范围的轰动效应竟如此轻巧、如此低成本就取得了。若要争取推出本民族一个诺贝尔文学奖获得者，那要经历若干年的历程；若要在本国举办一次世界性的文化大会，也要费许多人力财力。比较起来，此举要简单得多，省劲得多，将一口棺木从东北部的一个外省移运到巴黎，在现代技术条件下是相当容易的一件事，想必花钱是甚少的。除此之外，此举还开辟了一个“可持续发展的前景”，要知道在法国没有葬进先贤祠的文学伟人还多着呢，巴尔扎克、司汤达、福楼拜、莫里哀、乔治·桑……如果过两年就来这么一次迁葬，移葬的对象资源如此丰厚，全球轰动性的文学新闻就得由法国来垄断了。

这么说来，此举确实绝顶聪明。

试与前人共比高

然而，当一个民族的文化成为全球人民共同的精神财富之后，当一个作家成为全世界都认知的公共人物之后，在这种文化中所发生的一切，对这个作家的态度与定位以及给他什么待遇、什么评判，往往不可避免会引起各方面的议论与思考，这是精神文化领域里的常态与定律。大仲马移葬先贤祠，引起了议论纷纷就是如此。

说实在的，这个消息一传来，在对法国文化与大仲马有所了解、有所认识的人士中，首先引起的是惊奇与纳闷，坦率地说，我个人就是纳闷者之一。

我们知道，先贤祠中原先所供奉的都是曾经对法国历史发展起过极其重大影响与作用的人物，别的领域且不论，就以法兰西从来都引以自豪的文学领域而言，所供奉的五位作家，不仅都有辉煌的文学成就，而且都在法兰西民族发展过程中留下了光照千秋的历史功绩。

第一位伏尔泰，他是 18 世纪启蒙文学中的巨擘，其哲理小说至今仍魅力长存、兴味盎然，令千千万万读者着迷，在当时，他是整个法国乃至欧洲启蒙思想运动中的精神领袖，在反对封建专制政权的斗争中，起了统帅的作用。他战略思想超前，当时就发明了类似边区根据地的斗争方式，身居于法国与瑞士的边境费尔奈，从这里对官方与教会频频发出猛烈的抨击，叫对方抓不着他，拿他无可奈何，他由此享有至尊的权威的地位，整个欧洲的进步人士尊称他为“费尔奈教长”，纷纷到这个小地方来向他朝拜。

第二位卢梭，他是在精神领域中开辟了一个新时代，为法国大革命做好了理论准备的思想伟人，他的《社会契约论》成为现代资产阶级共和国的理论基础，直接写进法国的《人权宣言》与美国的《独立宣言》。他关于政治、社会与教育方面的多种论著在全世界都有广泛而深远的影响，他既高扬着激昂精神又充满了诗情意趣，而在严酷的自我分析上更有足以惊世骇俗的《忏悔录》，至今仍是自传文学中首屈一指的经典，是有文化、有教养的人士必备的案头书。

第三位雨果，他在文学创作的各个领域，都算是一位大师，他是法兰西文学中唯一称得上“民族诗人”的诗人，他是西方文学史上的浪漫主义运动名副其实的领袖，他是小说中最具有崇高人道主义精神的代表，他的《悲惨世界》《巴黎圣母院》大概是在全球拥有最广大读者的法国小说。他还长期投入了反专制独裁的斗争，在法国 19 世纪的政治社会生活中，他长达几十年之间，都是一种精神、一种主义、一种人格、一种决心的象征。

第四位左拉，他是 19 世纪下半叶法国文学主潮自然主义不争的巨匠与领袖，其代表作《卢贡 – 马卡尔家族》作为整个一个历史时期社会现实的艺术再现，规模宏大，是文学史上后人几乎难以超越的王屋山、太行山。他所代表的思潮流派影响遍及全世界，还延伸到了 20 世纪，同样，他也是他那个时代社会政治生活中有全国性影响的重要历史人物，他敢于伸张正义，以个人的思想力量和人格力量与整个资产阶级国家机器对抗，在法国赢得了崇高的威望。

第五位马尔罗，他是 20 世纪雄浑文学的代表人物，也是悲怆人生哲理的大思想家，其文学影响与思想影响曾经不可一世。他同时也是欧洲 20 世纪三四十年代法兰西与法西斯斗争时代风云中的一只勇猛高翔的雄鹰，真正驾驶着战斗机在空中拼搏，其作为轰轰烈烈，其功勋卓绝不朽。二战后，他又是法国政治中戴高乐主义的核心人物，在长期国务部长的任期里，对法国文化建设起了极为重要、极为出色的作用。

总而言之，这五位不仅文学成就盖世，皆堪称一时的泰斗，一代的宗师，而且对法兰西国家建有功勋，上升到了民族历史领域的高度，他们之得以进入法兰西这个最高的庙堂受到供奉，完全是几个世纪来民族历史的评估结果、认定结果，体现着整个一个民族在历史评价上精心而令人信服的平衡感与深思熟虑。

与以上这几位先入祠者相比，大仲马显然是稍逊一筹，他之所以入先贤祠，无疑出现了一次落差。

作为文学家，大仲马的确很有名，他的长篇小说《三剑客》在全球都称得上是闻名遐迩，已经不止一次被搬上银幕与荧屏，让全世界的人看得到法国剑客那种忠义、勇敢、潇洒与多情。法国人的风趣魅力广为世界所知，相当一部分得归功于这本小说，（当然别忘了，还有电影电视的编导、演员、舞美、灯光……）他的《基督山伯爵》写出了近代社会中一个善恶报应传奇的故事，引人入胜，令人拍案叫绝。他作品的数量惊人，仅以历史题材居多的小说就有 500 卷以上，而剧本则有将近 90 个之多，所有这些无疑都是他的亮点与辉煌，对他青睐有加，也不是没有根据的。

纯文学的质疑

但是，众所周知，大仲马在文学史上，在历代读者的心目中，从来都是定格为通俗作家，他以历史题材写作的小说数量众多，都不能说是历史小说，而只是历史传奇、历史演义、历史戏说之类的玩意儿，与法国文学中像尤瑟纳尔的《阿德里安回忆录》这样富有历史内涵与历史哲理的作品，不是一回事。因为：其一，它们在历史真实上经不起推敲，甚至往往只是根据逸闻野史，大加附会想象的结果；其二，谈不上有任何历史哲理与历史的真知灼见，作者甚至对这方面毫无兴趣。总之，大仲马只求把故事写得热闹好看，如果要作一个类比的话，那就不妨说他的历史小说颇像我国古典小说中的《包公案》《七侠五义》之类的东西。同样，大仲马以当代生活为题材的小说，如《基督山伯爵》，也难以与司汤达、巴尔扎克那些描写19世纪现实生活的杰作媲美，缺乏那种对现实关系深刻的理解、洞察与真切、有力的描绘，而仅以传奇式故事与引人入胜的情节取胜，因而在真实、深度与含义上远为逊色，如果也作一类比的话，大仲马的这类作品则颇像我国20世纪三四十年代张恨水的小说，同样也属于通俗文学畅销书的范畴。

毋庸讳言，这里的确存在着一个通俗文学与严肃文学的区别差异问题、层次级别问题。不过，话说回来，大仲马写这些作品的时候，本来就不是要制作什么严肃文学作品，本来就没有要进入文学的大雅之堂的奢望，他是为当时兴起的报纸连载专栏写作，而这种文学制作与文学运营，显而易见更直接，也更多地是为了商业运营。报纸靠味道浓烈的连载专栏扩大销售量，专栏作家靠连载而来钱容易、收入丰厚，大仲马成为当时百万巨富，不仅拥有豪宅山庄，而且还拥有私人剧院，实与此种文学制作、文学运营有关，在这种前提下，在这种方式中，文学写作中的艺术追求与商业驱动，二者各占多少比重是不言而喻的。

还有一点可说道说道，虽然文学创作一般都是作家个体进行的精神劳动，用巴尔扎克的话来说，就是“精神劳役”，但在大仲马这里也开始变了样，他不再像巴尔扎克那样单打独拼，靠透支自己的脑力与体魄来铸造一部部作品，而是俨然像一个班主，一个工作室的头，一个作坊老板，指挥着若干个写手制作出一期又一期连载，一本又一本畅销书，而在他的写作班子中，就有一个历史教师，他名叫奥古斯特·马盖。

各得其所，似乎可以说是万物应有的正常而合理的秩序。大仲马去世后，自得其所安静地躺在自己家乡的故土中，作为一个仍有艺术生命力的作家，享受着一个多世纪以来千千万万，一茬又一茬爱看故事的读者对他的赞赏与喜爱；作为一个获得了文学畅销巨大成功的制作人，拥有着文学市场上的崇高声誉。而今他被挪到一个陌生的寝地，一个他从来就不准备进入的殿堂，今后，他固然要享有这个殿堂带给他的光圈，但也永远摆脱不了严酷的历史带给他的若干质疑，这些质疑多多少少会蕴藏着戳脊梁骨的意味。

质疑一，以文学成就而言，以在文学史上的地位而言，以纯文学的艺术追求而言，以作品所显示的思想力量与意境而言，以作品在社会现实生活中的审美认识意义与思想意识的社会作用而言，排列在大仲马之前的法国作家大有人在，名列前茅的就有司汤达、巴尔扎克、福楼拜、萨特、加缪，而且好几位就葬在巴黎，巴尔扎克在拉雪兹神甫公墓，司汤达在蒙马尔特公墓，萨特在蒙巴纳斯公墓，要把他们改葬迁入先贤祠，实在是太方便了。

质疑二，的确，大仲马的名声太大太大，他的小说流传太广太广，拥有读者之多，无疑要超过严肃文学中一些地位高、成就大的作家，这似乎是他被请入先贤祠的最大理由，但这个理由也受到了再明显不过的挑战，像他这样流传广，受众多的作家世界上是不少见的，如果按此标准，创造了福尔摩斯的柯南道尔，以《尼罗河上的惨案》等代表作闻名全球的克丽斯蒂，以及销售量已达 2.5 亿册的《哈里·波特》的作者 J.K. 罗琳，岂不都该作为宗师泰斗供奉在文学殿堂之上？至少，岂不都该获得诺贝尔文学奖？

质疑三，满纸泪水与心血，从来都是作家全身心投入艺术创作的至极境界，写作的纯个人性、纯个性化是文学创作的特质与标志，可大仲马却把个性的文学创作在一定程度变成写作班子、工作室与写手们的事，却又并不妨碍他把全部创作劳动都归于他本人纯个性化的署名之下，这就颇像一些领导人靠秘书班子出版文选，总统靠写手捉笔，长官雇学人写博士论文谋取学位。如果说政治人物的文章、报告、文选本来就那么回事，人们都见怪不怪的话，那么对于文学大师来说，写手、创作班子、工作室的参与，就未免是一件难为情的事了。毫无疑问，大仲马这条软肋因他入供先贤祠而更显得触目刺眼了。

当然，这些尴尬都不是大仲马本人想要造成的，他不过是不由自主地任人挪来挪去而已。他被挪来挪去也不止一次了，1870 年 12 月 5 日，正当普法战争进行中，他逝世于第厄普城附近的普依，当时由于第厄普城被普鲁士军队攻占，他就被葬在离第厄普城一公里远的涅维利 – 列 – 波列村。战争结束后，其子小仲马将他的遗体移葬在故乡维累尔－科特雷，与其父母同在仲马家族墓地，小仲马在移葬的墓前致辞中这样说："我的父亲希望永久安眠在这里。"大仲马生前是否曾遗言要落叶归根，我们不得而知，但维累尔－科特雷是他度过了童年时代的地方，这里自由雄浑的氛围与繁茂的林莽正投合他强壮豪迈的气质与热情奔放的性格，且不说有其家族的墓园，用小仲马的话来说，还有"他的朋友保存着对他的回忆"，在那次移葬中就是"由许多忠实的朋友来代替搬运工人把他的遗体抬进教堂"的。把大仲马安葬在这里，应该是最符合他本人的心愿，而今，他被拽离自己的家园故土、亲朋好友，移进庙堂般的先贤祠，在晦暗的石壁厅堂之中，与一些陌生人相伴，也许是他本人最不愿意看到的事，至少是与他那豪迈奔放、放纵无行的性格颇为格格不入的事。看来，此举实在并非大仲马自身的需要，而是当代法兰西权力意志的体现，政府作用影响的需要。

拿破仑情结及其演绎

统观历史，法兰西曾经好几度在权力意志、影响作用上都达到了辉煌的顶点，那就是中世纪的查理曼大帝时期，封建专制时代的路易十四太阳王朝与法国大革命后的拿破仑时期。查理曼大帝的帝国东至易北河多瑙河，南面包括意大利，西南至厄布罗河，北面直达北海，版图与西罗马帝国相等，后来的意大利与德意志原本都是它的组成部分。路易十四王朝在 17 世纪的欧洲可说是权势赫赫，光焰逼人，整个欧洲的君主政体无不以它马首是瞻，视为典范。拿破仑帝国则是以军旗征服了几乎整个欧洲，并把法国资产阶级革命的新思维、新观念与法治理念推广到了它所征服的地域。欧洲国家中没有一个像法兰西这样经历过如此权势的辉煌，这对于法兰西民族精神与民族心理的形成无疑起了潜移默化、源远流长的影响与作用，正像中华民族念念不忘远祖黄帝，不忘秦皇汉武一样。当然，对于现代法兰西而言，查理曼大帝与路易十四远矣，属于与现代截然不同的遥远过去，但拿破仑的辉煌却不过是 19 世纪的事，他的文韬武略都是现代型的，他也就更成为现代法兰西缅怀向往的对象，心理情结的根由，司汤达、巴尔扎克固然都力图在文学领域中建立拿破仑式的业绩，戴高乐主义中那种独立不羁的精神与骄傲自重的姿态，何尝又没有拿破仑主义的基因？

然而，从 19 世纪下半叶开始，一直到 20 世纪 40 年代，法兰西一直时运不济，甚至可以说是每况愈下。首先，在 19 世纪 70 年代的普法战争中一败涂地，自家的皇帝老子成了普鲁士人的俘虏，阿尔萨斯与洛林两个省份的大部分割让给了战胜者，真可谓丧权辱国。到了 20 世纪的第一次世界大战，战争一开始的 1914 年，法军即惨遭全线溃败，德军几乎攻抵巴黎城下，法国政府不得不迁往波尔多。法国与英国并肩作战，苦苦支撑，即使是在战争临结束的 1918 年，德军又一次威逼巴黎，仅距几十公里。这次世界大战虽以协约国的胜利告终，但在战争中，法国绝非欧美军事强国，名次仅列于二等。及至第二次世界大战爆发，法国输得更惨，在希特勒的进攻下，几乎不堪一击，迅速崩溃，沦于纳粹德国的占领之下，直到美英等盟国军队在法国北部诺曼底登陆后才获解放。二战之后，尽管法国在联合国也取得了五大国的地位，但相当长一个时期里是靠马歇尔计划才消除了战争创伤，此后，在世界事务中的作用与影响，一直远远屈居世界超级大国之后。

一个多世纪的时运不济，国力疲软，境况尴尬，力不从心，对于一个曾经辉煌一世、君临一切、唯我独尊、举世瞩目的民族来说，当然是一种强烈的反差，巨大的失落，深切的遗憾。在这种状态中，自会产生怀古的盛世情结与现实的弥补需求。巴黎的卢浮宫、凯旋门、枫丹白露的一景一物无时无刻不唤起法国人盛世的回忆，提醒法国人记着本民族在现实中的尴尬与失落，刺激法国人自我突破的憧憬与尽可能对某种弥补方式的追求。在这种心理情结的长期作用下，法兰西在20世纪越来越清晰地呈现出一种复式的精神结构、人格组合，其表现形式不妨略列数端：

其一，在自我疲软无力，尴尬艰难的现实境况中，愈是追求与显示自我精神上的硬度与坚挺。这种复合的自我状况，不仅被现代法兰西充分加以展示，甚至被提升到美学的层次境界。抵抗文学的名著《海的沉默》就是突出的例子，德国占领军已经住进了自家的园子宅第，老弱幼小的祖父孙女，长期在与占领军军官亲近的、朝夕的相处中，面对着对方的强势、权威、命令以及亲善、通情达理、文明礼貌、修养风度、个人魅力的进攻，始终保持着坚硬的沉默，这种沉默被比喻为有力量的深不可测的海。

其二，只要是在某种关系中，处于次要的、二等的、从属的、依存性的、跟随性的、受惠性的地位，自我总要特别显示出格外独立不羁、格外倨傲不凡、我行我素的姿态，爱作独立秀、唯我至上秀，这种精神素质与人格结构集中体现在戴高乐主义中，其成分包括独立、骄傲、尊大、说不、威严、固执、顽强、无畏。众所周知，戴高乐主义力图以第二流的国家实力扮演第一流大国的角色，对盎格鲁－撒克逊世界的摈拒与抗衡，特别是对美国霸主地位的挑战，都是举世闻名的，对于一个从少年时代起就爱读拿破仑的《圣赫勒拿岛回忆录》的人来说，成为这种主义的创造者、身体力行者，就是很自然的事了。

其三，愈是在事态已经不可逆转的情势下，自我明确意识到了某种颓势，却在姿态上往往都不认可、不认输，撑着、扛着，颇有一股犟劲，这种复合的精神心理在对英语的态度上就相当明显。法语曾经是世界的大语，不仅在国际交往中广泛使用，而且曾经是国际上正式的法律语言，甚至在19世纪欧洲一些国家的宫廷中与贵族沙龙里，人们均以讲法语为时尚、为风雅。到了20世纪，法语在全世界流传与使用的范围越来越小，通用的程度越来越低，沦为了小语种，原来的流传与使用的优势越来越被英语所取代。不久前，又传出消息，本来与英语同为国际奥委会工作语言的法语，在明年雅典奥运会上却面临失踪的危险。面对着越来越占压倒优势的英语，法国上至官方政府下至平民百姓几乎都是自觉地参加了法语保卫战，官方长期大力在世界各国推广法语，如强烈要求所在国的电台、电视台举办法语节目，对当地推广法语工作有成绩的教师授勋，勋章级别之高往往出人意料，等等，而法国外交人员与巴黎的出租汽车司机，会讲英语而偏不讲英语的节操，也是相当有名的。

要在不尽如人意与尴尬的境况中保持盛世怀恋、拿破仑情结，并力图有所表现，有所舒展，这是很有难度的事情，因而，也就必须讲究技巧，追求行为艺术。正是在这种条件下，长期以来，法国人练就了一种技巧，一种艺术，那就是以自我有限的实力发挥最大的作用，花最小的代价造成最大的影响，乃至轰动效应的技艺，这种技艺在法兰西很多公众人物的身上都可以看到。且看，萨特 1964 年获诺贝尔文学奖时，他却宣布拒绝领奖，来了一个缺席，此时无声胜有声，他的拒绝在国际文化界所造成的轰动与影响，远比他获奖一事来得更大，带给他更大更好的名声。且看，当今的国际舞台上，美国领导人劳民伤财，到伊拉克去输出民主自由，结果不仅无人喝彩，反而身陷泥潭，狼狈不堪，倒是法国的政治家未付任何代价，只动动言词、摆摆手势，却赢得了全球的关注与重视，抢尽了风头，在整个局势中发挥了举足轻重的影响。

大仲马移葬的文学匠心

大仲马的移葬，正是在以上法兰西精神心理背景上导演出来的，历史的发展将证明，此举是法国人借用低成本，甚至可以说是零成本而取得世界性轰动效应的一次典范之作，特别是把它放在近 20 年来法国文学发展的背景上，更是可以看出这一葬礼的匠心。

从 20 世纪 80 年代以来，法国文学发展的势头渐入低谷，当时，就有不止一个文学权威作这样的感叹：法国文学在马尔罗、萨特、加缪这些巨人之后，已经处于低潮了。虽然从 50 年代起，法国的“新小说”席卷西方，具有全球性的影响，但在 1985 年克洛德·西蒙获诺贝尔奖后就完全画上了句号，法兰西将近 30 年的这一大笔文学积累报了一次总账，舱底也就没有多少有分量的硬货了。从 80 年代以后，除了新寓言派的几个作家，法兰西几乎再也没有推出世界性的思潮、流派，再也没有推出巨匠式的作家，世界性的头条文学新闻往往也不是来自巴黎。将近 20 年，法国作家跟诺贝尔文学奖一直无缘，与上半个世纪法国作家屡屡获诺贝尔奖的频率相比形成强烈的对照。这种冷寂的局面怎么能发生在塞纳河畔？这里一直是世界文学新思潮的发源地。世界的目光怎能不投向巴黎？这里一直是世界文学的心脏。巴黎的声音应该在世界上空远播，巴黎的景观应该吸引全世界的目光，巴黎的才人应该得到举世的景仰。于是，请出了大仲马，把这位通俗作家推到庙堂高位，于是，法国又成为世界性的头条文学新闻，而进行这一运作却是零投入，低成本。

大仲马的移葬，反映了法兰西的脾性，也表现了法兰西的机巧，法国经常会有惊人之举，经常会出人意料。对法兰西这样一个重要的国家，对法兰西这样一个朋友，中国人有必要更增多一些了解，更加深一些认识。

2003 年 11 月

加缪不论在哪儿都发光

——当代法兰西文化观察随笔之二

在巴黎的闹市区，有一个肃穆严威的去处：先贤祠。这是模仿古罗马的潘提翁神殿建造的一大座巍峨厅堂，动工于1764年，完成于1790年，本来是为了供奉巴黎城的保护女神，从法国大革命开始，改为安置国家民族伟人灵柩棺木的庙堂，如1791年迎入启蒙思想运动的先驱伏尔泰，1794年迎入共和国精神的奠基人卢梭，1885年迎入一代文豪、反专制主义的斗士雨果，等等，均为先贤祠史上的大事，由于供奉的是棺木，它又被称为伟人公墓。

就建筑之古、声誉之隆、品级之高，先贤祠无疑算得上是巴黎第一流的名胜古迹。但到花都旅游的人，去瞻仰拜访的人实在不多。它远不像埃菲尔铁塔、凯旋门、巴黎圣母院等地那样游人熙熙攘攘。它耸立在热闹的街区之中，被巴黎大学、巴黎高师、法兰西学院等文化殿堂从四面簇拥着，却显得冷清、寂静，颇有大隐隐于市之态，当然，它更是很少成为社会关注的焦点、媒介热议的话题。

不过，一旦它成为话题，那肯定就是大话题、热话题。几年前，法国总统希拉克决定将法国著名作家大仲马移葬先贤祠，就曾引起了热议，不仅是在巴黎、在法国的热议，而且是在全世界的热议，一时间还成了全世界很多报纸文化新闻的头条，不，不仅是文化新闻，而且简直就是政治新闻了，因为这毕竟是法国总统的决定。希拉克最后把这件事办成了，你不能不承认这是他的一项文化政绩，至少是一件令人瞩目的文化作为，移葬的那一天，隆重的典礼、堂皇的仪仗队、万人空巷的盛况，不仅使得先贤祠大肆热闹了一阵子，在荧屏上吸引了全世界的眼光，而且，此举开了一个先例、树立了一个文学批评标准：通俗文学作家也可以入先贤祠，如果他的名气的确很牛很牛的话。

希拉克能想出来的文化创意，现任总统萨科齐当然也能想到，就在上个月 15 日，他宣布欲在 2010 年加缪逝世 50 周年之际，将这位大作家的遗骨从外省迁移至先贤祠，并且就此与加缪的女儿卡特琳娜·加缪达成初步共识。在我这个粗通法国历史文化的人看来，他这个动议还是很不错的，于先贤祠，于加缪，这都是一件相得益彰的好事。

加缪是 1957 年诺贝尔文学奖的得主，当时他 44 岁，是 20 世纪最年轻的一个诺贝尔奖获得者。当然，在历史上，获得此奖后不久就淹没在历史时序里的作家也大有人在，加缪可不属此列，他至今仍是在全世界享有崇高声望、最被当代人热读的作家。其实，他的作品数量并不多，其全集总共不过四卷。

他何以以一当十，竟有如此经久不衰的影响力？作为文学家的他，其力量概而言之，就在于他对人的存在这个最根本的问题有彻悟的认识，有成体系的哲理，并且以经典的文学形式把这种哲理表现于生动鲜活的艺术形象中。因为是对最根本的问题的彻悟认识，所以人人都要关心、都要思索、都会共鸣；因为是成体系的哲理，所以他有深度，有睿智，是有光亮的精神火炬，对世人能起昭示作用；因为是经典的文学形式，所以最容易为大多数读者所喜闻乐见。有这三者的统一，加缪才能创造出在格调上、气度上可与贝多芬的《命运交响曲》媲美的文学系列：《局外人》《西西弗斯神话》与《鼠疫》，他也就免于成为一个遣词造句的文匠，而成为文学殿堂里一个气派恢宏的大家，堪与在先贤祠享受哀荣的那些伟人并列。何况，加缪除了文学业绩外，还有民族功勋，他在第二次世界大战期间从事了大量反法西斯的地下斗争，做了突出的贡献，因而 1945 年获得抵抗运动勋章，与伏尔泰、雨果、左拉一样，他也是一个作家兼斗士的民族伟人，如果他能入住先贤祠，我相信定将使这个殿堂更加充实，更添一份光彩。

令人意想不到的是，加缪迁入先贤祠一事，却遭到法国左派与他自己亲属的强烈反对，看来，此事大有被搅黄作罢之势。

据有关报道，左派政党为此不惜发表声明，冷嘲热讽，矛头直指“萨科齐政府的右翼政策”，有的左翼政治家则干脆指责“萨科齐欲借先哲遗骨图政治私利”，甚至有关人士更语出惊人：

“此举纯系花招，是萨科齐劫持知识阶层的一种伎俩。”

加缪与法国左派的关系一直复杂而不平静。他是一个有独立精神、真正左倾的现代西方智识精英，唯其有点独立精神，在20世纪阵营感颇为时兴的那个历史年代里，法国的左派对他可没有少操心费劲，他还曾经被扣上过可怕的帽子。虽然他最后被盖棺论定为“与正义事业紧密相连”，但这次移葬先贤祠一议，又引起了左派大动脑筋，大费口舌。不过，实事求是地说，其策略还是高明的，并未指向加缪，而是指向了萨科齐政府之右。在政治上左派批右，天经地义也，司空见惯，似无可厚非。毕竟世人的眼睛是雪亮的，此番举动表明，声言者对移葬之事并不乐观其成，其内心的想法究竟如何，则不甚明朗。至于“劫持知识分子”一说，显然有失夸张，确实言重了。既然乃一纯粹文化事件，何妨就事论事，但问入祠者品级如何，够不够入祠的标准足矣，刻意加以政治化而大做文章，徒有损自己的文化价值观，让世人看在眼里，记在心中，损人而不利己，何苦来哉？

令人匪夷所思的是，加缪的儿子若望·加缪也出面反对将乃翁迁入先贤祠，而且看来起了很重要的作用，以至加缪的女儿卡特琳娜也从原来赞同而改口后撤。加缪这一儿一女，是双胞胎兄妹，若干年前，我就见过加缪不止一张带着年幼的儿女休闲与出游的照片，怎么也不会想到那个毛头小子日后会有此番惊人之举。他年已六十有四，现在过着隐居生活，他的反对是通过一位密友表示的，而这位密友又拒绝公布身份，其反对理由，据说也是怀疑萨科齐有利用加缪的意图，而且认为为国家民族服务、接受官方荣誉“亦非加缪九泉下所愿”。

不言而喻，无神论者都知道这是儿子在替代九泉之下的乃父思考与表态，实在难以令人信服。众所周知，加缪曾经为了法兰西的存亡，进行过艰苦勇敢的斗争，而且，他生前并不拒绝适合于他的官方荣誉，至少有两次，一次是他接受了抵抗运动勋章，一次是领取了诺贝尔文学奖。何况，若望·加缪先生该知道，加缪在普罗旺斯卢马兰村的墓地实在是太简陋、太偏僻了，我见过他墓地的照片，我担心隔不了多少年，它就有可能被野草所淹没，我想，他的确应该有一个比较经风雨、抗时序的新居所。

今天，已经是2009年的岁末，距2010年1月4日加缪逝世50周年纪念日只有三四天，关于加缪移葬先贤祠一事，迄至今日为止，尚未听说有峰回路转、柳暗花明的消息传来，看样子，这件事是彻底黄了。面对着一桩相得益彰的好事就此泡汤的过程，我实在不能不扼腕叹息。

在感慨系之的时候，欣闻上海译文出版社即将在近日推出中译本《加缪全集》，这是中国人对加缪最诚挚的敬意，也是对他逝世50周年的一次最好的纪念。我觉得这似乎有点像一句俗话所说：这里不亮那里亮。

加缪活在全球，他在哪里都闪闪发光。

2009年12月30日

诺贝尔文学奖选莫迪亚诺很有道理

——当代法兰西文化观察随笔之三

莫迪亚诺何许人也？他怎么得的诺贝尔文学奖？不少人这样问。

在法国不止一种著名的文学史书籍中都可以看到这样一张照片：1978 年 9 月 15 日法国一档著名的电视节目中，有三位嘉宾出席，一位是当时的总统密特朗，另两位都是著名的作家。密特朗是一位爱文艺、懂文艺、在文艺界有不少好友、自己也能写出一手好散文的总统，他亲莅重要的文化活动并非寻常之举。与他并列而坐的，一位是儒雅的老者，一看就是文化界的大家。另一位却是一个年轻人，年龄只有三十岁上下，生气勃勃，英俊潇洒，似乎只是一个体面的普通工作人员，但他明明是与总统并列的另一位嘉宾，他是谁？他就是莫迪亚诺，时年三十三岁，已经是当时法国著名的一线作家了。

他不到二十岁就开始写作，二十三岁以《星形广场》获得尼米叶文学奖而成名，此后，成功之作不断，主要有《夜巡》《魔圈》《凄凉别墅》《户口簿》《寻我记》《一度青春》《初生之犊》《荒凉地区》《往事如烟》《半夜撞车》等。在法国国内，龚古尔文学奖、法兰西学院小说奖等文学奖，他都拿过，他今日能获得诺贝尔大奖，君且莫惊奇意外，且莫困惑置疑，人家是从小奖到大奖，从国内奖到国际奖，一路拿过来的，可以说是水到渠成吧。

他是凭什么作品获奖的？不止一个媒体记者这样问。答曰：是凭他一个集束作品群获奖的。应该注意，莫迪亚诺的一些主要的作品，都具有某些共性与相似的特点，在意境上，在思想内涵上相互映照，相辅相成，相得益彰。至于哪些是他的主要作品，在我个人看来，恐怕还要数他在上世纪末以前那些具有某些共性而形成了一集束群的作品，包括《夜巡》《魔圈》《星形广场》《凄凉别墅》以及《一度青春》《往事如烟》，等等，而这一集束群中的核心则要算《暗店街》这部作品。“暗店街”是直译，而如果采取更有表现力、更能标出其内在含义的意译，似乎译为《寻我记》更好，我个人更偏爱后者，因此，我所主编的《法国20世纪文学丛书》于1992年推出的莫迪亚诺的第一个专集时就是采用了这一个译名。

莫迪亚诺成名甚早，历久不衰，自有其吸引人的独特魅力。你进入他的小说里，首先能感受到的是他的文学语言的魅力，他与法国20世纪文学中那些著名的长句作家不同，他的语言特别洗练精简，他尽可能避免用从句，而经常用状语、补语与分词句，这就使他的文句简练到了几乎是最大的限度。他的简练，并不等于平淡、单调与贫乏，但是很有涵量、很有弹性、很有表现力、很是传神，如他这样写战争时期萧条的巴黎：“街上空空荡荡，是没有巴黎的巴黎”，他这样写一个乐队极其糟糕的演奏：“乐队正在折磨着一首克里奥尔的华尔兹”……这种语言，既体现出一种锤炼的功力，也闪现着一种诗的才华。

莫迪亚诺的小说还具有一种使你一拿起来就放不下的情趣魅力，如果考究其因，那么，你也许会觉得是其中某种近似侦探小说的成分在起作用，在《夜巡》里，一个青年人充当了双重间谍，危险的差事使他的生活与精神无时不处于高度紧张的状态下；在《魔圈》中，一个青年人打进一个形迹可疑、犯罪气息很浓的圈子，想要与陷入这个集团的父亲相认并了解他的过去；在《寻我记》中，主人公在一次劫难中丧失了全部对过去生活的记忆，一些年后，他当上了一个私人侦探，要在茫茫人海中找寻蛛丝马迹，以求搞清楚自己已完全遗忘了的前半生的真相；在《户口簿》里，又有一个人的生平经历有待查清；在《星形广场》与《凄凉别墅》里，也有扣人心弦的逃亡与躲避。总之，莫迪亚诺小说里，老有某桩不平常的事件、某种紧张气氛与压力，老有一个与所有这一切有关的悬念在等着你，使你急于知道它的究竟与结果。但是，他的悬念显然与柯南道尔、克里斯蒂、西默农这些侦探小说大师的悬念不同，在侦探小说家那里，悬念是很具体的，只关系到一个具体事件与具体人物的某个行为真相，而莫迪亚诺的悬念却是巨大的、笼统的，往往是关系到一个人的生存状态的悬念（《星形广场》《夜巡》），或者是关于一个人的实在本质的悬念（《魔圈》），要不就是关于一个人整整一段生活的悬念、全部生活经历的悬念（《寻我记》《户口簿》）。而导向悬念最后结果的，则总是一个个平常的细节、淡化的场景，绝不会有枪声、血迹、绳索、毒药瓶，倒是在这些平淡的场景细节中，充满了当事人自己即自我叙述者本人充满感情色彩的思绪，甚至是发自内心深处的呼声。这样，在他的小说里，就有了评论家所指出的那种“紧扣人心弦的音乐般的基调”，而到最后，与所有侦探小说中悬念都有具体答案的结局完全相反，莫迪亚诺小说的悬念答案仍是一个巨大的问号。由此，小说的结局就有一种强烈的揪心的效果，与读完侦探小说时的那种释然的感觉截然不同，而且，它还留下了好些耐人寻思的余韵。于是，你会非常明确地意识到，莫迪亚诺的作品与侦探小说实有天壤之别，如果说，莫迪亚诺有使你要一口气把作品读完的魅力的话，那么，他更具有使你在掩卷之后又情不自禁要加以深思的魅力，一种寓意的魅力。这对莫迪亚诺来说，显然是他致力追求的一个主要目标。

从作品的历史背景来说，这些小说的故事几乎都发生在第二次世界大战中法国被德国法西斯占领的时期。莫迪亚诺出生于第二次世界大战结束的 1945 年，他毫无第二次大战时期的生活经验，莫迪亚诺绝无从第二次世界大战时期摄取历史生活场景的意图，他只满足于使用这个时期的名称与这个时期所意味的那种沉重的压力，这种压力直到战后很久还像噩梦一样压在法兰西民族的记忆里。于是，第二次世界大战时期的背景，在莫迪亚诺小说里所具有的意义就只是象征主义的而不是现实主义的了，而象征，正是最能包含寓意的形式与框架。

从小说的人物形象来说，莫迪亚诺几部主要作品的主人公几乎都是犹太人、无国籍者与飘零的流浪者，他们无一不承受着现实的巨大压力，莫迪亚诺从德国占领时期那里支取来的象征性的压力，就是压在他们的身上。

在全面了解了莫迪亚诺笔下人物的存在状态之后，我们就逐渐接近莫迪亚诺的寓意。面对着黑沉沉的、看不见的压力与周围那种令人不安的气氛，面对着自己的存在难以摆脱魔影这一可怕的现实，这些人物无不感到自己缺少存在支撑点、存在栖息地的恐慌，无不具有一种寻求解脱、寻求慰藉、找寻支撑点与栖息处的迫切要求，无一不具有一种向往母体的精神倾向，似乎是尚未满月的婴儿忍受不了这个炎凉的世界，仍然依恋着自己的胞衣。引人注意的是，母亲、父亲、祖国以及象征着母体祖国的护照与身份证，成为了人物向往的方向、追求的目标，成为了他们想要找到的支撑点，但他们的这种向往与追求无一不遭到悲惨的失败。莫迪亚诺小说中这样一个个故事，都集中地揭示了人在现实中找不到自己的支撑点、自己的根基的状态，表现了人在现实中得不到确认的悲剧，或者说，现实不承认人的存在的悲剧。

不仅是得不到现实的确认，而且更惨的是得不到自己的确认。莫迪亚诺继续深化自己的主题，在表现人物寻求支撑点、栖息所的同时，又表现了人寻找自我的悲剧，从而使他的小说具有了又一个深刻的寓意，也许是 20 世纪文学中最耐人寻思的寓意之一。

在《寻我记》中，寻找自己的主题发展到更明确更清晰的程度，在这里，叙述者我几乎丧失了全部的自我：自己的真实姓名、生平经历、职业工作、社会关系，他成为了一个无根无底的人，一个没有本质、没有联系的飘忽的影子，一个其内容已完全消失泯灭的符号，而私人侦探居伊·罗朗这个符号仅仅是他偶然得到的，他真实的一切都已经被深深埋藏在浩瀚无边的人海深处，他要到这大海中去搜寻一段段已经散落的零星线索，他所从事的这件事，其艰难似不下于俄底修斯为了返回家乡而在海上漂流十年的经历，在这个意义上，莫迪亚诺创造了一部现代人寻找自我的悲怆史诗。

寻找自我，是一个深邃的悲剧性的课题，它不仅摆在莫迪亚诺小说中那些具体人物的面前，而且也摆在所有现代人的面前，也正因为这是一个世人都面临的问题，所以，他才把为人物写一部确定自我、寻找自我的传记视为一件需要足够勇气的事情。在莫迪亚诺的作品里，确认自我、显现自我、寻找自我之所以特别艰巨，就是因为在现代社会里，人都经受着自我泯灭与自我消失。这种自我泯灭与自我消失，首先发生在社会生活的过程中，发生在流通过程中，在这里，不仅有严峻的政治、经济、社会等种种原因促使这种不以人的意志为转移的自我泯灭、自我消失，而且，复杂的社会流通过程、现代复杂的生活方式也促使自我的泯灭与消失，正像《寻我记》中的我所感受到的：“人们的生活相互隔离，他们的朋友也互相不认识”，于是，在开放性的现代社会里，频繁复杂的社会交往实际上倒成为了这样一种情景：“千千万万的人，在巴黎纵横交错的街道上川流不息，就像无数的小弹丸在巨大的电动弹子台上滚动，有时两个就撞到一起。相撞之后，没有留下任何踪迹，还不如飞过的黄萤尚能留下一道闪光。”

也许是更主要的：自我消失、自我泯灭还取决于个人是否具有获得自我、确立自我、显现自我的主体意识，如果没有这种主体意识与相应的努力，自我的消失与泯灭也就是不言而喻的了。不幸，这恰巧是芸芸众生的常态。《寻我记》中有这样的寓意深长的一大段：

> 经历很快烟消云散，我和于特经常谈起这些踪迹泯灭的人。忽有一天，他们走出虚无，只见衣饰闪几下光，便又复归沉寂。绝色佳人、美貌少年、轻浮的人。他们当中大多数人，即便在世的时候，也不过像一缕蒸汽，绝不会凝结成型。于特给我举出这样一个例子，即他所谓的“海滩人”。此公在海滩上、在游泳池旁度过了四十个春游初秋……在成千上万张暑假照片里的一角或背景里，总能看

> 到他穿着游泳裤，混迹在欢乐的人群中，但是谁也叫不上他的姓名，也不知道他为什么待在那里。有朝一日，他从照片上消失了，同样不会引起任何人的注意。我不敢对于特明讲，我认为自己就是那种“海滩人”。况且，即便我向他承认了，他也不会感到惊奇，于特曾一再强调，其实我们都是“海滩人”，拿他的话来说，“我们在海滩上的脚印，只能保留几秒钟”。

这是莫迪亚诺又深一层的寓意，也是他在小说里多次加以阐释的寓意：“也许我什么也不是，仅仅时强时弱的声波透过我的躯体，漂浮空间，渐渐凝聚，这便是我。”“谁知道呢，也许我们最终会烟消云散。或者，我们完全变成一层水汽，牢牢附在车窗玻璃上。”“他们几个人也渐渐丧失真实性，世间曾有过他们吗。”直到小说的最后，莫迪亚诺又用包含了这个寓意的一句话来结束全书：“我们的一生，不是跟孩子这种伤心一样，倏忽间在暝色中消失吗？”

莫迪亚诺也像法国20世纪文学中杰出的哲人作家马尔罗与加缪以及萨特那样，有心在自己的作品里碰触人存在状态中带有悲怆性的课题，力图描绘出自己心目中的人类状况图景，他图景中的寓意尽管不具有马尔罗哲理那种超越精神，也不像加缪的西西弗斯神话那样带有坚毅的色彩，而倒有几分茫然若失、悲凉虚幻的意味，但仍不失为一种醒世的寓意，它将有助于人认识现代社会中种种导致自我泯灭、自我消失的现实，也将启迪人的某种自觉要求与自为意识，以挑战那种像“海滩上的脚印只能保留几秒钟”一样的存在状态，在这个意义上，莫迪亚诺也具有他吸引人的思想魅力。

诺贝尔文学奖，一般来说，选择的对象都还靠谱，至少是选得有一定道理，没有听说过有什么暗箱操作，权威指定的丑闻。但选得不那么恰当，令人不那么信服的情况，也不是没有的。2014 年选了这样一个法国人莫迪亚诺，就我的认识而言，这次选得对，选得好，我觉得这个选择很出彩。

莫迪亚诺获奖消息传来的那天

10 月 9 日傍晚，我正在吃晚饭，电话铃响了，因为我家座机号公开的程度连我自己都想象不到，所以，我经常关机，但在晚饭前后，朋友们都知道可以找到我，这个时段的电话不能不接，于是我满口饭菜地拿起了话筒。原来是媒体的采访电话，事由是：莫迪亚诺获得了诺贝尔文学奖。记者的问题很原始、很简单，但回答起来很费口舌，为什么莫迪亚诺获得了诺贝尔奖？满嘴食物要回答这么空泛的问题，着实不易。

坐下没吃几口，电话铃又响了，因为这个时段，对我的座机来说是上班时间，我非接不可。又是一个采访电话，事由又是：莫迪亚诺获诺贝尔奖了……就这样，短短的半个多钟头，电话铃响了六七次，每次都是采访电话，事由都是莫迪亚诺获诺贝尔奖了。六七个电话来自不同的媒体，不同的网站，不难看出，9 日这一天的傍晚，中国的新闻界为了莫迪亚诺忙得不亦乐乎，高度紧张地在探问、在打听、在查询、在采访……我也就被拽着顾不上吃一顿正常的晚饭。

其实，纷至沓来的这几个电话采访所提的问题都是简单的、

ABC 的、起码的、"小儿科的"，如果采访者略微动一下手，去查查基本的资料，他们就不难知道莫迪亚诺是何许人也，他的主要作品有哪些，他的文学风格有何特点，他的文学成就怎么样。对此，不止一个采访者答曰：我们找不到有关的资料啊，很多文化人、作家都不知道莫迪亚诺是何许人呀。这就奇了怪了，采访者都是来自大媒体、大网站，这样的新闻单位、这样的文化机构总应该有一个像样的资料室吧，总应该很容易找到像样的图书馆进行一点查阅吧。要了解莫迪亚诺其人其作，并非难事，甚至可以说是举手之劳的事。开卷有益，而不去开卷；想要开卷，又无卷可开；或者想要开卷又无开卷之地……于是，采访者、宣传者就拿起电话筒拨通某一个电话，也不管通过电话是否听得真切，就这样以道听途说的只言片语为根据加以宣传报道，一场热热闹闹的莫迪亚诺新闻节目就将要出台了……什么都图个热热闹闹，什么都图个快，什么都图个急功近利，什么都图个简便省事，这样底气发虚的热闹对一个文化昌盛、文化繁荣的社会来说，总不该是正常健康的吧，照我看来，这便是浮夸，这便是浮躁。

莫迪亚诺，法国当代作家也，1968 年发表第一部小说《星形广场》，此后成功之作不断，在法国国内，多次获奖，用中国话来说，他早就拿奖拿得手软了。

个人档案：长得帅，风流倜傥，称得上是一个美男作家，年少即登上了文坛，二十三岁成名。

文学特点：才华横溢，光华外露。文句短促精练，然而却很有含量、很有弹性、很有表现力、很是传神。小说写得都很引人入胜，情节往往扑朔迷离，具有悬念，所构设的生活场景，既具情趣，又有寓意，甚至有深邃的、严肃的哲理。这些特点使他成为了新寓言派的一个代表人物，与米歇尔·图尔尼埃、勒·克莱齐奥同为这个流派的三大巨擘。

新寓言派，请记住这个名字，它几乎可以说是法国 20 世纪文学最后的一个最出彩的节拍，历史将证明，这个文学流派一定是值得法国人骄傲的一笔精神财富。

他一直是我所特别喜爱的作家，我喜爱他在情节框架上对扑朔迷离情趣的追求与在思想内涵中致力于植入空灵飘忽却又亲切可感的寓意，欣赏他那种探寻、查找、追求式的叙事构设与他关于人存在悲怆性的哲理的水乳交融，以至达到了现代人寻找自我的悲怆史诗的格调。这样一位作家，既能引人入胜，又有永耐品尝的韵味，当然应该作为重点引入国门，于是，我在自己所主编的《法国二十世纪文学丛书》中曾前后两次隆重推出他的作品集共六部小说代表作，一次是 1992 年的《寻我记·魔圈》一集、一次是 1993 年的《一度青春》一集，大概要算是最先颇具规模地把这位作家介绍给了国人，从现在的发展来看，这虽然不敢说是慧眼识英雄、有先见之明，也许可以说是认准了吧。而对于莫迪亚诺来说，早在二十多年前，他的代表作就已经在中国得到了礼遇与赞赏，也不失为一件值得欣喜的事。

中国的文化精英，对莫迪亚诺随《法国二十世纪文学丛书》引人注意地来到中国一事，大概是记忆犹新的，因为，《法国二十世纪文学丛书》是一套知名度比较高的书，有文学修养的人士几乎都知道它、熟悉它。这套书有一个缩写名《F·20丛书》，从1986年到1999年历时十三年出版了七十卷，是少有的一套规模宏大的丛书，几乎将法国20世纪文学中所有重要的作家作品尽都推上了自己的展台，既有开拓性，又有系统性，其选目选题的准确精当又显示出了较高的专业学术含量，译文水平的整齐则显示出整个法语翻译界精英的集体合作精神，而全部的译序写得都很用心，有特色，且几乎出自主编一人之手，则反映出主持其事者的诚意与认真态度，这些也都得到业内人士的首肯。

事隔多年，每当我遇见学术界的精英，甚至是特别重要的文学大人物，我都当面听到他们对《F·20丛书》的怀念与溢美之词。然而《F·20丛书》老碰见一个致命的克星：不赚钱以至赔钱亏本。由于这个克星，它在20世纪90年代末，被第一家出版社漓江只出了三十五卷后离弃停办，所幸它又得到了第二家出版社的青睐，但出了三十五卷后，又于1999年被第二家出版社安徽文艺离弃停办，于是《F·20丛书》就永恒地定格在七十这个数字的框架内。又事隔一些年，直到2008年春夏之交，我接待了两个来访者，他们是上海译文出版社的黄昱宁女士与冯涛先生，此二位是该社的中坚业务骨干，能文、能译、能编，是全能型的才俊之士，我过去和他们从未见过面，更没有任何业务关系，他们此行的来意有二：一是要再版我主编的《加缪全集》，二是表示愿意重新推出整套《F·20丛书》，为此二者希望与我合作，在我看来，这两个建议不仅有着巨大的经典文化积累热情，而且在出版经营上也显示出了难得的品味与罕见的精明，建议如此美好，当然一拍即合。于是，《F·20丛书》变身为《法国二十世纪文学译丛》而由上海译文出版社出版了，我把这喜称为《F·20丛书》的凤凰涅槃。从2010年一直到前不久，新的《F·20译丛》出版了三辑共二十一种，每一辑出版的时候，我都收到沉甸甸的一箱样书，书出得很美观雅致，赏心悦目，令人爱不释手，这构成了我老年生活的一大愉快。

时至2014年10月9日上午9时，我收到了一封电子邮件，是责编发来的，他向我通知了几个月前已做出的一个决定：《F·20译丛》出版到第三辑为止，今后不再继续出版了，原因很简单，销路不好，不止一种书印刷了八千册，却只销了不到三千册，不仅没办法赚钱，肯定是要赔钱亏本。据称，出版社领导做出“绝不考虑再出版”的决定是在今年年初，只是责编先生十分好心地想在第三辑最后一种出齐后再通知我，才对我“封锁消息”了好几个月，仅仅因为我在国庆节前，仍在一厢情愿地安排《F·20译丛》的继任者以使它能继续运转下去，他才不得不立即通知我，让我明白这套丛书已被判终止。责编先生的邮件写得很有感情，他最后这样说：“我是这套书的编辑，论感情虽然没有您那么深切，但感觉也像是自己的孩子一样。”

责编先生已经作了最大的努力，他面对各方面的职责与义务，都做得很好，很周到，很到位，我过去感谢他，现在感谢他，将来仍然感谢他。至于出版社的领导，在我看来也情有可原，值得理解，作为一个企业，要自负盈亏，要上交利润，还要纳税，怎么能不讲究经济效益？亏本的买卖当然不能做下去……于是到了最后，在一个耄耋老翁脑子里只留下了一个问题：对于一个实力充足、财政殷实的国家，是否所有的文化建设项目都应该赚钱？如果赚不了钱，是否就没有继续存在的理由？……当然，还有一个重要的问题：对于一个文化繁荣的社会而言，书店纷纷倒闭，人文书籍的读者群日益萎缩，总不应该是自然而正常的事吧？对此，总不该熟视无睹吧？……

带了这个问题，到了这天的晚饭时分，老头子就迎来了纷至沓来的采访电话，对不起，在和媒体记者的应对中，这个心情不爽、满口又塞着饭菜的老头难免也带了一点王志文、陈道明式的不耐烦与不配合……

2014 年 10 月 11 日

·辑四·

这位恩师是圣徒

——写于冯至先生诞辰 110 周年

我心目中的恩师不止一个，冯至先生是其中最重要的一人。

他是我学术生涯中几乎处处都留下了身影、起过重要作用的长辈，一个乐观我成、从旁宽许、默然相助的师长，我视他为恩师理所应当，虽然我与他不同专业，只不过我过去经常处于逆境，唯恐自己的不肖，有染先生的清誉而自远。今天，我称他为恩师是第一次，因为我自己已经日薄西山了。

20 世纪 50 年代，我在北大上学时，他是我的系主任，没少给我们作谆谆教导的讲话，那种虔诚的态度，他殷切期望青年学子健康成长的那种诚恳劲，至今仍历历在目。

20 世纪 60 年代，他是我所供职的《古典文艺理论译丛》的编委，我最初见识了他在高级学术活动中严谨的学风与谦虚诚恳的处事态度。稍后，我参加了高校文科教材的编写工作，而他正是这一文科建设大项目的领导人，他的高端地位与甘当平凡劳动者与普通公务员认真负责、兢兢业业、一丝不苟的工作作风，给我深深的启迪，也给我树立了日后不拒绝小事、不拒绝琐事的榜样，学术中无小事，细节往往至关重要。

20 世纪 60 年代中，我从文学研究所调到外国文学研究所，这时他已经是该所的所长了，我成为这个文化生产工场中的一劳力，此后三十多年，一直在他的直接关怀、直接指导、直接支持下工作。

文化大革命后期，我邀同道开办地下工厂，编写《法国文学史》，他是知情的、默许的、支持的。改革开放初期，我酝酿对日丹诺夫论断的揭竿而起，他也是知情的、默许的、支持的，并且主动援手，给我提供一个再理想不过的平台，让我在 1978 年全国外国文学工作规划会议这个隆重的、高规格的、高层次的场合，作了一个长达五六个小时的反日丹诺夫发言，成为我揭竿而起的一发重炮。揭竿而起的另一个重要行动，是在《外国文学研究集刊》上，组织西方现当代文学重新评价的笔谈，当时他是集刊的主管，我是集刊的实际负责人，凡事均由我提出方案，向冯至先生汇报，由他点头后，我再去执行经办。今天，如果可以说对日丹诺夫的清算还算中国思想解放过程中的一件好事的话，那么也应该说，此事的后台老板就是冯至，其功当居首位。

稍后，《萨特研究》一书的经历更使我难忘，该书被作为精神污染受到了批判并被禁止出版，因其他工作我去他家汇报请示时，不止一次看见他的书桌上一直放着《萨特研究》这本书，而且是放在很显著的位置上。这一辈子，冯至先生从没有就《萨特研究》一书甚至是萨特其人跟我交谈过一句话，在这个问题上，他与我一直处于无言状态。但在批判的高潮中，这本书放在他桌子上，放了一个阶段，个中的心迹、心意，我是感觉得到的，在那样一个风急浪高的时候，冯至先生把《萨特研究》放在自己的书桌上，这是《萨特研究》的荣幸，是我的荣幸！

回顾几十年的行程，我感觉到就像走在浓荫蔽日的林荫道上，走在上有遮顶的长廊上，被我北大的系主任这么罩着、这么护着。一代宗师就这么罩着一代学人，而我只是其中的一个，也许是最不肖但运气却最好的一个。

冯至先生是一位端坐在学术殿堂之上令人由衷尊敬的庙堂人物，庙堂人物不一定个个都令人衷心敬仰，但冯至先生是令人心悦诚服的一位。他是作为已有高度成就的学者被请入学术殿堂的，他早就是中国最杰出的抒情诗人，他早就是德国文学翻译、德国文学史研究的开拓者、里程碑式的人物，他还是著名的杜甫研究家，而且他作为北大教授，早已桃李满天下。他已经站在人文学科的高峰，殿堂地位对他来说是可有可无的事。他之于中国的学术庙堂，与其说是他需要这个庙堂地位（具体来说，就是享有相当于院士的学部委员的这一称号与研究所所长的尊荣），还不如说这个庙堂需要他这样一个学贯中西、卓有成就的成员。

在这种需求关系中，他即使头戴冠冕而不务其实，也就是所谓的只挂个名，也会被视为名士的清高潇洒，然而，意想不到的是，也非常难能可贵的是，他竟十分认真地对待这样一个学术庙堂地位，他诚诚恳恳，兢兢业业，扎扎实实地履行这个位子对他的要求与规范。在高等院校文科教材编写过程中，他实际上是地位仅次于周扬的领导人，主管好几个重要的编写组，如王朝闻的《美学概论》编写组，蔡仪的《文学概论》编写组，唐弢的《中国现当代文学史》编写组，这是一个相当辛苦的活，我参加过《文学概论》的编写工作，亲眼看见他奔波于周扬与蔡仪及编写组之间，上传下达，居中协调，其难处与尴尬，自不待言。在担任外国文学研究所所长期间，他行事端正，以身作则，事无巨细，从不留下任何瑕疵与不当。即使是交纳党费，也是大额大额的。他兢兢业业地坐办公室，处理各种烦琐的事务，任劳任怨。一个大学者，一个人文大儒，就这样在一部庞大的行政机器中，充当一颗螺丝钉、一个小部件。从 20 世纪 60 年代一直到 90 年代，整整干了三十年。三十年啊，对一个学者来说，这是多么宝贵的一段黄金时期，他没有时间再写诗了，没有时间再修订《德国文学史》了，也没有时间深化他的杜甫研究了，他就这样以高度的组织性、纪律性投入了他繁杂的行政事务工作，献出了他文学创作与文学研究的宝贵年华。

他为了什么？我理解就是为了他的责任感，他不能失职。这就是一个朴实的、老实的、尽职尽责的冯至，在我看来，简直就是一个圣人式的人物，圣徒式的人物。

历史上的任何主义、教派、政党、甚至团体，都有自己的“圣人”“圣徒”。何为“圣人”“圣徒”？就是那些以最大程度的律己精神，以最大程度的主观真诚与热情，忠于并履行自己的主义、教规、规范、纪律的最坚忍者、最实诚者。冯至先生是中国社会主义文化领域里的圣人、圣徒，窃以为，他的后半生是他的圣人时期、圣徒时期，他的圣人情怀、圣徒情结及其时代历史根由、个人思想发展渊源，应该成为冯至研究中的一个重要课题。

2015 年 9 月 12 日

蓝调卞之琳

1

从颇有古意的高塔的一侧顺下坡路而去，就是明媚如画的未名湖，沿着湖边平整的通道前行，经过一座古色古香的巨大体育馆，道旁又横斜出一条蜿蜒的小径，通往一大片郁郁葱葱的天地。小丘与丛林掩映，幽微灵秀，看不到尽头，那里面藏着朗润园、承泽园等好几个园林住宅区，是北大的鸿儒名家的高卧之所。就在这条小径的旁侧，有一座带围墙的幽深的院落坐落在朗润园的外围边缘，仅隔百把米与未名湖相邻，院落前有一座带石栏的小桥，但桥下并没有流水。好一个富于诗意的寓所！

北大，1954 年的一天下午。我们诗社的几个学生在宿舍集合后就沿着上述路线如约来到这院落，要在这里拜会诗人卞之琳。这天下午是全校社团活动时间。

50 年代，特别是在 1957 年以前，北大校园里形形色色的社团，真可谓繁花似锦，即使不说是北大校史上的一大胜景，至少在我心里是一段五彩缤纷的回忆，仅以人文领域而言，就有文学社、诗社、剧艺社、民乐社、唱片欣赏会、合唱团…… 每周社团活动的前一天，校园里贴满了各个社团活动的海报，琳琅满目，令人应接不暇……

参加社会活动的，低年级学生居多，因为在这些活动里，不仅可以玩玩这票那票，而且多少可以吸收点文化内涵，如碰上报告会、座谈会、采访等，那简直就是一个个准课堂，我爱上古典音乐，并能背诵出贝多芬好几个交响乐里的某些旋律，以及《天鹅湖》《圣母颂》《蓝色多瑙河》等名曲中的某些段子，就是从那时参加有关的社团活动开始的。我并不是诗社的固定成员，因为自己不会写诗，不敢高攀，只是偶尔见有意思的报告会与活动，就去参加参加，如田间的报告会，如这次采访卞之琳等。

卞之琳这个名字，当时于大一学生的我，真是如雷贯耳。其实，我并没有读过他多少东西，但从高中时起就熟知他诗中那脍炙人口的名句：

你在桥上看风景，
看风景的人在楼上看你，
明月装饰了你的窗子，
你装饰了别人的梦。

那是在湖南省立一中念书时，一个语文老师向我们介绍、讲解的，那位老师名叫彭靖，本人就是一位诗人，在诗歌创作与评论方面有一些成就，在新中国成立后的诗歌史上，虽排不上一二列，排到第三列、第四列也许还是可以的。他极为赞赏、极为推崇卞之琳的这一名句，使我们对它语言之妙、情境之妙、意趣之妙与哲理之妙大为叹服。说实话，卞之琳仅仅以他这一绝句就征服了我们，即使在今天看来，对于相当广泛的读者来说，恐怕也是如此，不过，一个诗人能征服读者，难道还需要更多的武器吗？不需要。陈子昂不就是以他《登幽州台歌》不朽的四句，而昂立在中国诗史上吗？仅仅是四句。

那天，似乎只是诗社的一次小组活动，一行仅七八个人，西语系的同学居多。我们进入一个幽静的院落，正面是一幢古朴而精雅的房舍，北京大学继承了原来燕京大学的校址与产业，校园里有不少这种幽静的院落与古雅的平房，房子外观古朴，而内部结构与装修却是十分现代化而讲究。屋里寂静无声。我们这些没有见过世面的新生，就像进入了一个高雅肃静的圣殿，只不过，当时我有点纳闷，听说这所房子是西语系教授钱学熙的寓所，为什么我们到这里参拜卞之琳？一直到后来好些年以后，我才知道，卞之琳早年长期单身，自己没有置家，老在朋友家寄居，在上海时，在李健吾家，在北京时，则在钱学熙家，他倒是朋友缘特好的，看来，他是一个颇受欢迎的人。

钱学熙，我们并不陌生，他为西语系的学生开文艺理论课，因为北大西语系是以培养西方语言文学的研究与教学人才为宗旨的。他脸色赤红赤红，一头浓浓的黑发披在大脑袋上，颇有雄狮之姿，他老穿一件军大衣，据说，是刚从朝鲜战场回来不久，他在那边当了一阵子英文翻译。他讲起课来，可不像雄狮，而像是一个老婆婆，常仰头，向着天花板，闭着眼，像是在喃喃自语，嘴里慢吞吞吐出一句又一句讲词，全是浙江土音，但隔那么两句，就要来一个口头禅:“是不是的啦？”似乎在为他那些从“苏联老大哥”文艺理论里学来的论断——征求堂下学生的同意。

这天，钱学煦没有出现，我们在雅致的客厅里等了十来分钟，从里屋出来一个中等个子、身躯偏瘦的中年人。也许是厅里不够明亮，他又穿着一身深灰的干部服，毫不起眼，几乎是一下就融入了我们这一群学生灰蓝的一片晦暗色调之中，而且是没有什么声响，因为他一脸沉闷，既没有与每人一个不落地握手，也没有对这个集体的欢迎词，更没有采访之前为了热身而进行的寒暄……你要他怎么表示欢迎呢，这又不是他自己的家。而且他要热情洋溢、礼性周全，岂不表明他认定自己应该作礼节上的付出？而这种认定则是以自己将受到这些学生崇拜的预期为前提的，试问，一个真正的脱俗的诗人能这样吗？一群素不相识的学生来找他，和他在未名湖畔碰见的一群不相识的学生有什么两样？ 点点头也许就足够了，可我偏偏因为客厅里光线不足而没有见他点头……真是不同凡响的见面，至少是不落俗套的见面，低调却自然而合理。

访谈一开始就冷场，“无独有偶”，“一个巴掌拍不响”，这次不落俗套的访谈正是主客双方合作的结果：主人如上述，来客也不含糊，来访的学生，从后来的发展来看，没有一个是在诗园里有所作为的。看来，当时也没有一个人对诗歌园地的那一套活计有起码的经验与见地，本来，北大学生中，富有诗情的少年才子大有人在，可惜那天却没有一个到场，即使是后来1957年在民主广场敢于大声疾呼、引吭高歌的闯将，也没有一个现形。来的人都像我一样，脑子里空空如也，只是前来看看这位名诗人是个什么样子而已，一上来，个个怯场，不敢提问题，于是就冷场了。

诗人更不含糊，他固守着他的沉闷。面对着冷场，他似乎乐于加以呵护，他静静地抽着烟，心安理得地一言不发，这种架势与氛围，再加上客厅里幽静与光线的暗淡，似乎使这静场凝固化了。这倒便于这些学生去好好地观看诗人，而不是去倾听诗人，他们本来就是来这里一睹风采、开开眼界的。

且看诗人，他面色略显黝黑，好像是晒多了一点太阳，一身布衣，很不挺整(这与他多年衣着讲究的习惯颇不相符，后来我才知道，他那时似乎参加了一段农村工作，刚从乡下回城不久)。他有一张典型的知识分子的脸孔，高阔的前额，面积恰如其分，轮廓线条近乎优雅。戴着一副眼镜，后面是一双大眼，他很少眼睛转来转去，甚至很少正眼注视别人，似乎总是陷于自己的内心状态，而不关注外界的动静。当他正眼看人时，眼光是专注而冷澈的，很有洞察力，甚至颇有穿透力，只是没有什么亲和力，因为他很少笑意迎人。他嘴角微微有点歪斜，但不难看，似乎是由于在使劲思考而略有变形，就像郎朗在弹着钢琴时而嘴角有点异样，这倒给他的面部平添了些许灵智的生气……

他在静静地吸烟，他丝毫也不在意这次采访的效果，甚至也不在乎来访的学生们对他的印象，而学生也屏住气，不慌不忙，在静静地观察这个对象。着急的是采访的带队者，他急于把冷场变成圆场，这关系到他的执政能力、政绩成果，在这一点上，他孤立无援，于是只好亲自上阵，向诗人提出一个个问题，要引他开口，以打破冷场。从后来的发展来看，此君在谋取一官半职方面或其他方面，还有点本领，偏偏在诗歌一事上，似既无才能亦无见解。他黏黏糊糊提了几个问题，诗人无精打采地作答，仍然不断抽烟，一脸的沉闷，即使是谈到自己，也毫无通常人所难免的自恋与沾沾自得，他毫不掩饰自己对这次访谈没有什么兴致。和这些毛孩子谈诗有什么可谈的呢？以他的名声与地位，他有必要在这几个大一新生面前为继续积累自己的人气与声望而克制自己的腻烦情绪？如果那样岂不太庸俗了吗？他怎么会那么做？他是卞之琳呀……

那天，他当然也讲了一些话，但他当时讲了些什么，我现在什么都不记得了，一是因为我当时的注意力一直专注于看，而不是听，二是因为他那口十足的浙江乡音，我第一次听起来实在非常费劲，绝大部分都没有听懂。

尽管听进去的东西极少，但观察的心得倒还甚多，并形成了一个相当概略的印象，在我看来，他那张聪明而富有灵气的脸，本身就显示出优雅文士的气质，而不从俗、不媚俗、固守自我心境的冷漠与倨傲，更具有一种精神贵族的风致。

这可以说是我第一次感受到的卞之琳蓝调。

2

从诗社那次采访后，我一直到毕业参加了工作之后，才再次见到卞之琳。先是和他在同一个单位文学研究所，从 1964 年后，则是在同一个研究室即外国文学所西方文学研究室，那次采访活动中他那张使我感到奇特的面孔，在以后的三四十年里就经常“低头不见，抬头见”，自然习以为常了。他的面孔，在他自己独处时或在他看书写字时，总是沉静的，而在他与人打交道的时候，则总是沉闷的、冷淡的，甚至是冷漠的，我很少见它是热情的、和善的、迎合的、亲切的。当一个人出现在你面前时，你的面部表情自然而然就会进入交往状态；在此种情况下，他总拒绝进入交往状态，甚至于避开这种状态。这倒不是因为他对人有任何敌意，有任何强烈的憎恶，而是因为他太喜欢陷于自己的心境中不被干扰，他太喜欢独自沉浸在细腻的自我感受之中，于是，在面对着他人之时，经常就不免表现出苦涩、不得已、不耐烦、勉强周旋之态，特别是当他感到面前的对象较为幼稚、较为低层次，他所面对的问题是他认为没有多大意义，或浅显无聊时，他那种无精打采、懒得搭理之烦，就更溢于言表，大有“他人就是地狱”之态。这就是他贵族式的精神态势与交往模式。贵族的血是蓝色的，我且称之为卞之琳蓝调。

不过，他也因对象而异，对与他同辈的名人朋友，他当然不能那么爱理不理，态度总要亲近些随和些。不过，说实话，我从来就很少见他与同辈的学者朋友如李健吾、钱锺书、杨季康、罗念生、罗大冈、潘家洵在一起倾心交谈，有时我甚至不相信他曾经是李健吾的老友，曾经借住在李家。只不过，在组室的会上，每当他提到这些同辈时，都经常亲近地直呼其名，如健吾、大冈、季康等，毕竟保持着一种君子风度，虽然君子之交淡若水，而且是比温水还低两三度的水。心思细腻如他，有时当然更为讲究，如他对自己的上级领导，即使是他多年的朋友，他也并不亲切地直称其名，而是称呼得较为正式一些，如乔木同志、其芳同志、冯至同志等等，显得郑重其事。

在平时人们的交往接触中，倒也常能见到他和蔼可亲、平易、自然、专注、主动的，那肯定是他面对本单位的那部分老革命、老干部、老延安、老根据地人士的时候。在当时的“翰林院”文学研究所，高级研究员基本上是由两部分人组成，一部分是早就已经投身革命的文艺家或从延安鲁艺来的老资格文艺战士、文艺战线的老革命，他们主要有何其芳、陈涌、毛星、贾芝、朱寨、井岩盾以及蔡仪、力扬。另一部分则是被客气地称为老专家，但一遇上运动就被视为资产阶级学者的人士，如潘家洵、俞平伯、钱锺书、余冠英、王伯祥、李健吾、吴晓铃、杨绛、罗大冈以及袁可嘉、范宁……，虽然泾渭分明，但也有边缘化、模糊化的例子，如老革命力扬，因有那么一点自由化倾向而常被划入后一类。而在国外留学、工作了十几二十年的罗大冈，在经历与身份上似属于后一类，但由于马列主义学得好、革命大批判的旗帜举得高，而在政治思想上被视为又红又专的党外老专家。卞之琳的归属则更为复杂、难划，从经历来说，他曾是新月派的一员，而这个文学流派在新中国成立后的现代文学史上，从来都被定性为资产阶级文学派别，但偏偏他又曾经游学过革命圣地延安，还去过抗日根据地体验生活，发表过歌颂以王震为首的抗日部队七七二团的报告文学作品。只不过，他在延安游学的时间太短，在抗日根据地待了不久后，又跑回国统区当文化人、教授，这就给他的红色革命经历打了一个很大的折扣，如果他没有那一本歌颂“王胡子”军功的“不朽之作”，那返回国统区之举简直就有可能被视为从革命队伍里开小差的危险。当然他新中国成立初期的入党，则又承续并具化了他自己久远的革命传统，要是在别的单位，他恐怕就可以算一个老革命权威了，但在当时“翰林院”文学研究所，延安老革命成堆的环境下，他的革命资格就显得嫩了点，他不仅不被人视为老革命、老干部，而且总被人们有意或无意地划进老专家、老先生那一堆，而一到政治气温飙升的时候，很自然就转化成了资产阶级专家。在研究所里，虽然他身为一个重镇的首脑，掌管整个西方文学这一大片领地，但从来就没有进入过全所的领导核心，那才是老延安、老干部聚集的司令部。

他丰富敏锐的感受力使他足以有严格的自知之明，当知道自己的一套强项、优势，在这些老战士面前是不管用的，甚至会使自己适得其反，因此，必须收起自己的独特个性与本我状态，而采取群众认可的，也是一个党员应该有的为人态势，必须收起面对诗社小青年的那种无精打采、爱理不理、冷漠烦拒的贵族派头，而代之以主动积极、热情竭诚、亲切平易，甚至是套点近乎的交往方式，必须收起自己所偏爱的那细密入微、迂回绕行、曲径通幽的语言，而操起大家所通用所习惯的公共语言，也就是社会化、政治色彩化的“毛语”，于是，像我们这样总是在一旁观看而无权参与的小辈，特别是对细节感兴趣的观察者，就有幸常见到卞之琳身上有与其本态的蓝调而有所不同的色调。

现今回顾的时候，我感到难能可贵，甚至是千载难逢的是，有一次，我竟碰到另一种特殊色调在他身上一闪而过，如昙花一现，那当然不是面向我这一个对象而发的，而是因为当时那种特定的境况与他自己特定的心情。事情是这样的：我刚被分配到文学研究所之后不久，一天下午，我十分意外地在中关村园区里迎面碰见了卞之琳……

那时文学研究所的归属正逐步从北京大学向外转移，即将成为中国科学院哲学社会科学部的一个单位，因此，已经在中关园里占用了科学院两幢灰色的相邻的小楼作为办公处与单身员工的宿舍，隔这两幢楼不远，是当时中关村里有名“社会楼”，那是一座公共设施的建筑物，设有小门面的邮电所、储蓄所、书刊门市部等等什么的，这些我都记不太清楚了。我记得最清楚的是一个占有两层楼的茶座，里面供应咖啡、牛奶以及一些西式点心，按今天的标准来看，实在是甚为简朴，但在当时，要算是一个比较洋派、比较高档的消费场所，是那个时代中关村里的星巴克。那是我毕生最难忘的一个地方，当时，我第一次在报纸上发表了一篇小文章，拿到第一笔稿费后，就到那里喝了我生平第一杯牛奶，吃了两个奶油夹心面包，花了五毛多钱，还不到那笔稿费的三十分之一。走出茶座时，我觉得自己真是潇洒而富足。此后，每当我犯馋时，就跑到茶座去，吃两块桃酥。那天，是个星期天，食堂只开两顿饭，到了下午，我不免又去茶座潇洒潇洒，从那里出来后，正在社会楼后面那一条两旁有高大梧桐树的通道上信步，没想到正碰上卞之琳迎面而来。

他穿一身笔挺的毛料中山装，很精神。他不是一个人，身边有一位风姿绰约、衣着雅致的少妇。我立刻多少意识到这是卞之琳夫妇，分配到文学研究所后不久，就听说卞之琳刚结束了他长期的独身生活，与一个才貌双全的女士结了婚，据说，她也是一个作家，写过小说，在文坛有点名气。看来，这就是那位才貌双全的卞夫人了。但这时，我最想做的，就是避开他们，我觉得自己刚到这个单位没有几个月，与卞之琳从未打过交道，说过话，还不到跟他两夫妇打招呼的份儿上，加以过去在那次诗社活动中见识过他的作派，还是别自讨没趣、自找尴尬吧。我很想转过身去，回头就走，但已经来不及了，于是，只好闷着头蹭着路边走，想装着没看见，只不过是本单位新来的一个青年大学生嘛，他很可能压根就不认识，甚至毫无印象。但是，大大出乎人的意料，那一天他的高度近视眼却好得出奇，不仅认出了我，而且他就像换了一个人似的，还没有走到跟前，就笑脸相迎，主动跟我打招呼，他的夫人也面带微笑。这么和气亲切的一个师辈，哪里有！我当时太受宠若惊了，赶紧回应，躬身地向他们致意……

卞之琳的那次笑脸，简直就是一个奇迹。它那么主动，那么热情，那么近乎，那么亲切，笑得出自真诚的发动，笑得带有轻淡的天真、明显的自得与欣喜，说实话，“此笑只能这回有，平时难得再一睹”。我这一辈子的的确确只见过这一次。当然，他决不是因为朝着我这一个无名小卒而来的，那时他很可能根本就不知道我的名字，只知道我是研究所里一个新来的年轻人。这笑是一种心情流露，是一种精神状态的展现，是一种意向的表达，应该说，简直就是“天时、地利、人和”等诸多因素汇集于同一个时空条件下的绝妙产物……休假日的一个下午，天气晴和，风清气朗，还没有从新婚蜜月状态中走出，与夫人去中关园的林荫道上散步，或者还去茶座休闲休闲，衣着讲究，气度不凡，即使是走在人杰地灵的中关园里，亦不失为一对高雅，特别是作为一个诗人、一位绅士，身旁又有如此一位健康美貌、婀娜而又高雅的美人相伴，其艳福是显而易见的，足以引起，也应该引起路人羡慕的眼光、识者赞赏的注目，接受这种眼光的投射与欣赏，本身就是一种愉快，一种享受，这是对自己美满的确认，对自己幸福的确认，与诗迷们对那四句的崇拜并无二致……欢迎这种目光……即使不必去招引路人的这种目光，总该为识者投射这种目光提供必不可少的氛围与条件，不至于因对方不必要的顾虑与考虑而漏失这种目光，毕竟这是对新婚夫妇幸福美满状态的一种祝贺……

于是，本单位这位无名小卒就有幸见到了卞之琳难得的满面春风。

3

不仅在“翰林院”，而且在整个学林，卞之琳都要算得上是一位真正有绅士派头的人。他的衣着从来都很讲究，就像我在中关园路上碰见的那次一样。诗社的那一次，他穿得很随便，似乎是唯一的一次。当然，文化大革命期间，干校劳动期间就不在话下了。我倒从没有见他穿过西服，而总是穿一身中山服，但除了衣料总比一般人的为好外，主要是裁剪缝制得特别精致贴身，颇像张明敏第一次在大陆春节晚会上登台唱《我的中国心》所穿的那套港式中山服，而与老干部、老革命那种经常宽松肥大的制服大不一样，再加上他经常披着款式同样精良的风衣或高质量的拷花呢大衣，一看就是一个洋派十足的名士。至于他的外部形貌，第一次看他时，就可以感到他智者宽阔的额头，加上浅色眼镜后一双神情深邃的大眼，构成了一张典型的知识分子的面孔。两边嘴角与下巴略有点不匀称，但又显出倔劲，似乎是思想者那股冥思苦想劲头的外化。后来长期相处于同一个单位看多了，发现他身姿与步伐也颇有特点，他走起来的时候，一边的肩膀略略往上抬起，脖子微斜，微微有点僵，而步伐又快，颇有直往前冲的架势，于是整个身形就显出了一种张力，给人以倔强的印象，似乎又是精神上的自得感、优越感的外化。我想，从他的整个形象与外观来看，说他内心深处具有相当强的傲气，相当明确的精英意识与“上帝的选民”的定格感，恐怕是差不离的，而且这种意识与感觉恐怕还是从年轻时代就已经形成了，形象与外观，总是长期岁月的塑造的结果吧。

卞之琳的雅士派头、雅士自我意识，实来自他这个人的确不俗，的确精致。不俗与精致可说是他最显著、最概约的特点。首先，卞之琳这个名字便十分雅致，在他这里，倒是人如其名了。他那著名的四句诗三十四个字，便是他精致中精致的精品，是他精致得最典型、最美的一次表现。可以看得出来，他在自己全部的诗歌、散文、随笔以及学术论文的写作中，都致力于构思精致与落笔不俗，这个题目足可以写一篇博士论文，我个人与博士这一范畴相距十万八千里，在这篇印象随笔里就此止步，不加细论了。我只想指出，即使是在现实生活中，对人对事他如果要议论作评的话，也经常是视角新颖，出语不凡的。如像讲起李健吾的待人待事的特点时，他冒出了这样一句话："他像个走江湖的"，语言奇特，不过倒是揭示了李重朋友、讲义气的精神。又如，有一次论及为文之道、文笔与内容的关系时，他以一位青年研究者为例，这样说："他善于表达，可惜没有什么可表达的。"他这类见地如果说有什么特点的话，那便是他能达到一定的超越高度，惯于从俯视的角度看人看事，加以刻意追求表述的独特，于是往往就不免带有冷峭意味，而少了点亲切与温厚。在我看来，这不能不说是他那不可更改、无可救药的雅士意识的本能表露。

在我们的现实生活，最经常不过、最雷打不动、最制度化的、最日常生活化的东西，简而言之，就是一个字：会。"翰林院"研究所尽管既不是党政机关，也不是办事的单位，会不仅不少一些，反倒还要多一些，这大概是因为"翰林院"一直被领导当作无产阶级革命思想阵地、前沿哨所对待，要求得严格一些，抓得也紧一些。加以，本单位都是知识分子，而这批人既比较敏感些，也更为较真些，在这种群体的众目睽睽之下，有关政治大事、思想原则、学说主义的会议，那是非得严格按规定程序走全走完的。因此，在那个年代，人们在本单位的公共生活，主要就是开会，而在会上，人们要做的事不外是谈思想认识，找思想认识上的差距，检讨思想认识上的失误…… 习惯于这种政治生活，热爱这种政治生活，以这种政治生活为业的，当然大有人在，但对卞之琳这样一个有个性、有雅趣的高士来说，老在大众公共生活中裸露自己的灵魂，清点自己的思想，校正自己的认识，显然不是他所喜爱干的活计，虽然，他是一个研究室的头头，首先就有责任带头干好这一趟趟活计。

在他身上，这不是一个态度问题，更不是一个立场问题，而只是一个个性问题，他只不过是不善于，当然也不大情愿将自己的个性完全融化在从俗如流的时尚中，不大情愿放弃自己特定的思维模式，而按千人一面的模子塑造自己的言论形象，不大乐于放弃自己特有的语言风格，而众口一腔地操官话，操套话，重复社论语式与毛选语言。说实话，一般人即使要像他这么做，也往往做不到，而他在这方面可谓是艺高一筹，他既能保持自己的思维模式，个性特点与语言风格，又并不与主义学说、政策精神、领导意图相悖。我当时很想也偷着学点他这种高超的技艺，但终因灵性不足而未能窥得其堂奥，即使是在今天，回顾起来，也没有看清其奥妙的门道，理解其要领。如今想来想去，他此种高超技艺中似有一法，那就是举重若轻，也就是说，每遇严肃、厚重、艰涩、尖锐、尴尬、难消化、费理解的问题，他都如蜻蜓点水、仙子凌波、轻忽而过；或者明修栈道，暗度陈仓，绕道而行，曲径通幽；要不然就是若无其事，王顾左右而言他。如此如此，多年下来，一个单位曾经有过那么多次政治学习，政治表态，业务检查，思想检讨，但卞之琳有过什么表态，有过什么宣示，有过什么倾向，至今恐怕没有人能说得明白。至少我是说不明白的。他最大的艺术就在于他讲的话可不老少，但几乎没有给人留任何能记得下来的印象，不论是左的还是右的，不论是严正古板的，还是轻松调侃的，不论是热情赞颂的还是冷眼旁观的，而在那个年代里，任何人都是难免有过这种或那种失态的，或为保守右倾的失态，或为过左狂热的失态。

不过，在本基层单位公共政治生活中，卞之琳有一种行为方式，有一种倾向态度，有一种话题言谈，那是打死了你也不会忘记的，那就是他经常在政治学习会上，在研究室组织生活中的——我实在无以名之，且名之为“失眠咏叹调”吧。

在“翰林院”里，按照领导统一的要求与布置，每个基层的研究组室一般每周都有一次例会，时间是两三个小时，内容主要是政治学习，有时也讨论点马列主义理论问题或组室的工作业务，这种会当然是厚重而严肃的，基层单位平日的突出政治的任务基本上就是靠它来完成，人们一般都是按做功课标准来认真对待的。我曾经在布尔什维克满堂红的文艺理论室工作过一个时期，那儿的政治学习开得都很肃穆。每个人都正襟危坐，坐而论道。但在卞之琳坐镇的研究室里，却有另一番气象。

到了九点钟开会的时间，由中青年研究人员组成的基本群众都到齐了，静候主帅升帐。然后，诸位元老：潘家洵、李健吾、杨绛、罗大冈哩哩啦啦陆续来到，这样往往就快九点半了，大家都不急，乐得轻松。最后，卞之琳匆匆来了，常显得气喘吁吁，甚至脸上有一股真诚的火急赶场的神情，于是，会议就经常以他的迟到表白为标志而揭开序幕。一般都是说自己从家门出来后，公共汽车如何如何不顺，或者途径南小街（由其住处到研究所的必经之路）时碰见了什么意外的事、意外的人。然后就接上重要的主旨发言，而其内容经常就是他那常年重弹而在这个小家庭里特别著名的失眠咏叹调：从前一天夜晚如何上闹钟，如何服安眠药开始，如何一片安眠药不奏效又如何服上第二片，甚至情况更坏，还需要第三片，然后，到了拂晓之前，总算有了一段沉沉的熟睡……再然后，如此无奈的情境就与起床之后辛苦赶会的情节衔接上了……真可谓构思严谨，结构细密。每次失眠的故事主体基本上如此如此，但也有个例的小异与不同，这次是一片，那次是两片，或者更多，有时是这种安眠药，有时则是另一种，有时闹钟没有起作用，有时干脆就忘了开闹钟…… 每次都有不同的枝叶延伸，关于失眠的医学议论，上医院取药的情况，自己的失眠史……在他漫长的独白中，在座的同志偶尔也有关切的插话，如对他健康的担忧，关于运动与生活规律可减少失眠的提示等，这些插话必然又要引发出他新的延伸与变奏：运动与生活规律跟失眠的关系，这两种办法对他之完全不适用，不必为他的健康担忧，他的家族有长寿史，他对自己的长寿颇有信心等等，等等。失眠独白及其延伸，最后总算完全告终，卞之琳宣布言归正传，正式开始讨论领导上原先布置下来的题目，但会议时间至少已经过了一半，甚至一大半。会议的前一半既然开得轻松愉快，后一半也就不会肃穆古板了，因此，每次组室例会都绝无坐而论道、言必主义学说与政策法规的气氛。

尽管卞之琳每次失眠独白基本上都是老调重弹，冗长单调，他那口浙江土话一点也不娓娓动听，但这个小家庭的成员都乐于洗耳恭听，因为他把一堂堂沉重的功课变为了一次次轻松的聊天，又无形中免除了大家表态、论道的义务，潘家洵、李健吾闭目养神，乐得自在，罗大冈偶尔插上一两句，以显示自己的机敏与高明，杨绛则面带优雅的微笑，饶有兴趣地听着，罗念生因为耳朵有点背，所以总是身子前倾，用手掌张在耳根处，唯恐漏听了一个字。其他中青年学子，辈份摆在那里了，彬彬有礼地端坐，就像在听老师讲课。尽管这个组室的政治学习从来都不大符合规范，质量不高，但卞之琳却无心插柳柳成荫，使得组室的所有成员对他颇有亲和感，至少觉得他不那么大义凛然，不那么道貌岸然而令人生畏、令人肃然，青年学子在背后凡是提到所里的党政领导时，都在姓名之后加上同志一词，以示尊敬，如，何其芳同志、毛星同志…… 提到老专家学者时，则都加上先生一词，如，提到杨绛时称杨先生，提到李健吾时称李先生，以示敬仰，唯独对卞之琳例外，虽然他既是党内领导同志，又是学术权威，大家提到他时却简称他为老卞，似乎大家都是同一辈份的哥们兄弟。

在 20 世纪愈来愈沉重，愈来愈严酷，愈来愈炽热的 60 年代，卞之琳就这样以其独特的人情人性与自由主义作派，带给了一个小小的基层单位些许宽松的气氛，形成一种和谐的状态，对此，老布尔什维克、研究所里的左派人士是颇不以为然的，但这种气氛与状态，事实上却能在那样一个时代氛围里，使这个小集体里的人多少得到点喘息与宁静，至少可以在神经必须绷紧的时候稍许放松一点，坦率地说，我个人是比较赞同、比较喜欢的，这也是我当时乐于从另一个单位调到卞之琳那个研究室工作的原因之一。

4

卞之琳所坐镇的西方文学研究室，一开始就是研究所的两大藩属之一，另一个则是余冠英的中国古代文学室。两者的基本条件都是人员编制较多，而且可称得上是精英荟萃、名士云集。余室之中，第一梯队就有俞平伯、钱锺书、王伯祥、吴晓铃、力扬、陈友琴、范宁等等，且不说第二梯队的胡念贻、曹道衡、蒋荷生、陈毓熊、刘世德、邓绍基了。卞室的编制规模略小一点，但名家名士的层次似并不逊色。这里年龄最长的潘家洵，是五四新文化运动的宿将，是他把易卜生的戏剧译进中国之后，鲁迅才写出了影响了一个时代的《娜拉走后怎样》的名文，潘老深得毛泽东“集中兵力打歼灭战”策略之精髓，从来只把自己的才智全用在易卜生一人身上，其业绩果然在中国堪称“唯我独尊”，看来一两个世纪内是不会有人超得过他的；李健吾、杨绛、罗念生早在新中国成立以前就已经既以文又以译蜚声文化界，特别是李健吾的《福楼拜传》与《包法利夫人》，杨绛的《吉尔·布拉斯》，更是外国文学领域中难以企及的精品。罗大冈当时在翻译界也是名重一时的人物，既以其长期在国外的高学历与像《波斯人信札》这样有出色的译品骄人，更以其对《约翰·克利斯朵夫》与罗曼·罗兰的“革命批判精神”著称，还有缪朗山，他以通晓七八种外语闻名，译著数量亦甚可观，而在这一批资深的老专家之下则是一批已学有所成的中年人，除了被看好的卞之琳的接班人英国文学专家杨耀民外，九叶派诗人中这里就有两叶：袁可嘉与郑敏，以及著名的女词人茅于美。此外，还有一批当时已经崭露头角、日后将发挥巨大的学术作用并拥有广泛学术文化影响的青年学子，如：朱虹、吕同六、郑克鲁、董衡巽、陈琨、张英伦、张黎等等，这就是卞之琳当时所统率的队伍。毫不夸张地说，这是一支兵精将广的队伍，正是这支队伍，从 20 世纪 70 年代后期一直到 21 世纪初，开拓并推动了外国文学研究与译介大繁荣的局面，其业绩之显著与厚重，无疑要超过新中国成立前与新中国成立初期，如果不是“文革”的大破坏，这繁荣的局面本可以在 60 年代就来到。

统领这么一支人数甚众、层次较高的队伍，在研究所里，无异于坐镇一方的大员，是“翰林院”里一项重要的任命，统领者当然是个官，而且是级别相当高的官。对此，刚入“翰林院”时不甚了了，日子久了，就会知道那时的研究室主任必须要著名的学者才能担任，职称当然必须是研究员、教授，在行政上也有明确的官阶，用行话来说，就是正局级。不过，这是“翰林院”

人口稀少时期的情况。到了文化大革命后的大扩张时期，情况就有所不同了，在胡乔木、邓力群主持“翰林院”的时期，大批有革命资格、行政级别高的各级领导干部涌入“翰林院”，也许是因为正局级的编制不够用了，所以担任研究室领导职务的业务专家的行情就走低了，从正局级贬值为副局级、正处级了。不论后来有什么变化，卞之琳在当时的确要算是一个官，而且是完全享有司局级待遇的官。

在官本位的环境中，有官阶的人要没有官气是很难的，总得端点官架子吧，总得摆点官谱吧，总得来点恩威并济、作威作福吧，最最关键的恐怕就是不折不扣履行那种听取下属请示汇报的义务，坚守对下属的进行指点、吆喝、命令的权威，从不放弃在关键时刻、关键问题上对下属的际遇、处境，甚至前途、命运施加影响，并要求下属绝对服从的便利。如果说，所有这些在职能部门、军事部门还有必要的话，在学术文化部门恐怕就是一种异化的追求与趣味了，可是在“翰林院”里，好此道、好这一口的人士偏偏不在少数，谢天谢地，卞之琳所统领的那支人马运气不错，他们的统领者没有这种习气，他是个真正的学者、真正的雅士。

卞之琳统领方式的最大特点、也可以说唯一的特点，就是四个字：无为而治。

他的无为而治，首要的内容与要领就是，每个人愿意干什么就干什么。在这点上，他倒容易使人想到文艺复兴时期法国人文主义文学巨匠拉伯雷的那句格言："做你愿意做的事"，拉伯雷把这句格言写在他著名的"德廉美修道院"的门楣上，是提出了个性解放的口号。卞之琳虽然不专门研究法国文学，但以他广博的文学史知识与优良的法文水平，他肯定是知道这个著名的箴言的，他当学术统领的作派，不过就是充分尊重下属的学术个性而已，这首先是信任对方学术选择的良知、学术志趣的合理与学术能力的适应，也就是说，相信对方能选定符合正确社会文化价值取向的项目与课题，相信对方的选择又是以个人的学术兴趣、学术关注为基础，并且有能力适应与完成这一项目选择。他既然深知其部属都是具有较高水平与较高能力的熟练工人，他又有什么必要去规定与告诉他们该干什么，不该干什么，就像对小学生、小学徒那样？尽管研究所领导规定研究人员的基本任务是研究而不应该是翻译，但潘家洵仍长期抱着易卜生不放，李健吾要译莫里哀全集，杨绛要译法文小说《吉尔・布拉斯》，西班牙小说《堂・吉诃德》，罗念生要译希腊悲剧与喜剧……所有这些不都是很有意义的文化建设项目吗？有什么不好的？卞之琳都一一认可尊重，礼让放行。

从新中国成立之初的50年代一直到文化大革命前，意识形态领域就形成了这样一个名正言顺、堂而皇之的传统，领导上总要根据"兴无灭资"的根本任务与"革命大批判"的战斗需要，抓项目，出题目，下达任务，于是授意性的文章、指令性的批判任务以及专干此类活的写作班子等等层出不穷，愈到无产阶级文化大革命愈是大行其道，而受命为文，奉命为文者，往往身价陡涨，格外得到上级领导的重视与嘉奖。卞之琳显然对这一套没有任何兴趣，我从未见过他搭理上面的授意性、指派性的批判任务，也没有见过他自己下达过授意性、指派性的选题与项目，于是，在他当时领导的西方文学室，蓝色的花、白色的花、红色的花、粉红色的花都有。如果出现过什么耀眼的红彤彤的革命大文，实不该归功于他，而该归功于制作者本人的革命自觉性，如罗大冈一系列高举革命大批判旗帜的大文都与卞之琳无关，我在60年代初做过法国新小说派之批判的课题，也完全是受当时革命形势的影响而犯了左倾幼稚病所致，我为这种左倾幼稚病所害不止一次，直到亲身经历了文化大革命的十年浩劫之后，总算达到了彻悟，才治愈了这一种病根。

不难看出，在那个愈来愈沉重，愈来愈炽热的年代里，卞之琳以他特定的不为与无为方式，在一个小小的园地为学术生态的自由与发展，为各种优质生物的恣意生长提供了十分必要的空间与气候。他不仅是给栽培者放行、认可，而且，在整个的过程中，他绝对也没有那种兴趣要显示自己的高明、权威与水平对栽培者进行指指点点、敲敲打打，就像那个时代很多外行领导乐于做的那样，而是充分尊重每个栽培者的自行其是的自主行为。不过话又得说回来，他统领的每个文化精英都有充分的水平，又有什么需要别人来指点干预？即使是高明的指点与干预。于是，他那种似乎是冷漠的旁观，客观上也就变成了一种乐观其成的赞许。更为难能可贵的，也许是要算这一点了，那就是他绝不像那些俗人与小人的小肚鸡肠，对每个栽培者、劳作者的丰硕收获总侧目而视，红眼难容，而是具有一种见识与雅量去加以肯定与赞赏。这说来似乎是一种很低的境界，不值得一提，但以我在士林中积数十年的观察与感受，却深知这是一种并不多见的品格，一种可贵的品格。正因为有卞之琳这种无为、宽松与雅量，他守望的这一片园艺，就生产出了《莫里哀全集》《易卜生全集》《堂·吉诃德》这一大批传世的文化业绩，虽然这片园子的面积不大，园丁不多，与整个中华大地的沃土相比仅为千万分之一，但其在新中国成立后社会文化积累的总量之中，却是举足轻重的。

卞之琳作为一园之长，有无为、不为、甩手，甚至旁观的一面，也有使劲、费力、不辞的时候，当非要他不可的时候，他还是不吝自己的气力的，这表现在培养青年学子与援手同事这两个方面。

在文化大革命以前，虽然没有研究生培养的正式制度，但对“翰林院”这样一个学院性的单位来说，实际是存在着有计划、按严格专业要求培养学术接班人的计划与安排。从文学所建立伊始，卞之琳就率先带上了两个徒弟，后来到文化大革命前两年，又正式带了一个研究生，在研究所里数量要算是最多的，这说明他在培养青年人方面还是有使命感、有积极性的。他的前两个徒弟都在他的指导下专攻莎士比亚学，其中一个因为身体一直不好未能成器，而且壮年早逝。另一个则是埋头攻读的朱虹。至于文化大革命前招收的那个研究生，一看便是业务好、政治红的人才，被看好是个正式的接班人，但后来他却慧眼看透“翰林院”已呈衰败之势，学术道路前途暗淡，毅然跳槽去了一个炙手可热的单位，走上了从政的道路，成为了一位高级干部。卞之琳的三个高足之中，总算还有朱虹一人一直坚持留在学术界并磨炼成为一个有广泛而深远影响的重要学者，尽管朱虹在进入研究所以前，就已经是北大西语系出名的高材生，朱光潜的得意门生，早被钱锺书等学术前辈所看重、所欣赏，但卞之琳的系统培养实在功不可没，我就多次听到朱虹感念卞之琳带徒弟时的认真负责。虽然卞之琳本人在学术上不是以博览群书、旁征博引的本领著称，而是以感受丰富，善于深掘观点，生发见解的才能见长，但他培养徒弟的要求与方式却完全是严格的学院式的，要求徒弟埋头读书，多多益善，从莎士比亚全集的文本，到莎士比亚时代历史，个人身世的谜团，到艰难的莎士比亚的版本学，到历代各国的莎士比亚评论与研究……几乎要读个完全彻底，读个底朝天，而且读完之后，还必须写读书报告。他严格要求别人，无形中自然也就要严格要求自己，至少免不了要多多审阅读书报告。用如此严格的学院派的科班方式坚持十年之久，绝非一件轻松的差事，尽管在如何培养青年学者、学术接班人的问题上，研究所内主流派人士认定正确的道路是读书加社会实践与参加战斗，对卞之琳的闭门读书、厚积薄发培养方式不大以为然，但这种方式给被培养者打下了坚固厚实的学术基础，却是大家广为赞赏的，卞之琳培养工作的劳绩也就的确功不可没了。不过，话又得说回来，虽然卞之琳的高足在莎士比亚学方面的确修炼得广博而精深，偏偏一辈子都未能在莎学上有任何施展，倒是在英国 19 世纪小说研究、美国文学研究与中译英等领域，取得了骄人的业绩。

我于 1964 年来到卞之琳的麾下后，作为晚生后辈虽然未有幸得到他的亲自指点与教诲，但也亲眼见到了他对有的后生如何不遗余力地苦心栽培，这事似乎应该从他自己的布莱希特研究谈起。卞之琳 60 年代访问波兰期间，观看了布莱希特戏剧的演出，产生了强烈的兴趣，便开始了他的布莱希特研究，为时不久，他就完成了他的专题评论集《布莱希特戏剧印象记》。看来，他颇有意在中国普及、推广这位德国共产党作家的戏剧，除了发表“印象记”进行评介、提示与宣传外，还准备组织翻译中国题材的剧本《高加索灰阑记》，鉴于国内英文翻译水平相对较高，他自己又是英文翻译方面的权威，他最初的计划是选一位英文水平较好的译者承担此任。但他麾下一位德国留学生闻风而动，无疑认定这是自己园子里的事，而他本人更有资格来完成，便径直从德文译了出来。卞之琳通情达理，善解人意，玉成其事，为了使译本达到发表出版的水平，不惜自己花费了大量的时间与精力，审阅、校对与修改其稿。这个剧本的发表，要算是中国介绍布莱希特的开始，也成为了那位留德学子一生中最主要的一项业绩。说实话，卞之琳如此奉献自己，大力栽培晚辈后学的事例并不多见，在他麾下，能得此荣幸者，仅凤毛麟角而已。这一次他之所以特别出力，一方面是因为自己对布莱希特很感兴趣，有兴趣的事做起来自然特别起劲，另一方面也是因为那位留德回国的学子，符合根红苗正、政治上强的标准，一直被组织上、被领导当局视为重点培养对象，实际上是作为学术庙堂的接班人而一直受到精心的呵护与栽培，卞之琳在这件事上的忘我贡献，无疑显示出了他作为一个党员领导干部的觉悟与水平。不过，后来的事情是否按人的主观意志为转移，是否按既定方针兑现，那可就没有准了，因为要在学术文化上有出色的作为，成大器，必须靠自己的勤奋与灵性，至于要走上领导岗位、要在庙堂中居高位，那就得精通门庭学、路线学、关系学，将庙堂的种种游戏规则玩到位、玩到家……

虽然卞之琳谈不上是个古道热肠、乐于助人的仁者，甚至经常还给人以冷漠、漠然的印象，但他也有与人为善、出力援手的难能可贵的事迹，即使是对自己的同辈同事。据我所知，当时有一位老学者正专注于翻译一种古代经典文学，由于他本来是从英文系出身的，自然就不免借助与参考英文译本，本来，他早年能写一手漂亮的散文，到了年迈失聪的高龄，文笔也就不那么润泽了。为了使他的译品无愧于原文的经典，卞之琳作为一室之长，慷慨援手，花费了大量的时间，用他那十分讲究的文字功夫，为译稿作了不少加工润色，真正做了一次无名英雄。

5

在五六十年代，“翰林院”有一个响亮的激动人心的口号：“出成果，出人才”，并且以此为“翰林院”的基本任务，它是制订工作计划的目标，也是检查工作、总结工作的标准，人们在大会上、小会上经常要论到它，时任中宣部副部长的意识形态总管周扬每一次到“翰林院”来作报告或发表讲话，都要热情洋溢地说到这个目标与任务。由这个基本任务派生开去，就有了一系列准则，在各项工作的关系方面是：“一切以科研为中心”“一切为科研服务”；在研究所、研究室的干部的任命方面是，非本学科第一流的学者、最有声望的学者不可；在院内风气方面，专家学者凡事都受到尊重，都得到相当周到的礼遇，愈是声望高、名声大的，得到的尊重与礼遇愈是无微不至…… 如果把“翰林院”视为一个高级意识形态的制作工场的话，这一切准则应该说是合理而正常的，因此，这些准则在“翰林院”占相当重要地位的五六十年代，那可以说就是“翰林院”的黄金时代。卞之琳担任领导，基本上就是在那个黄金时代。

不过，说实话，在新中国成立后，在社会主义革命潮流不断涌动，不断汹涌澎湃的历史年代里，“翰林院”里安生日子并不太多，书生的书桌经常因大小不同的地震而不安稳，而不平静，即使是在没有地震的时候，上述那些口号与准则，在一些对发展学术毫无兴趣，而对突出政治则有特别嗜好的人看来，就有点不是味，不对劲，因此，只要一碰上政治运动、思想整风的时候，就被当作“长资产阶级知识分子的志气、灭无产阶级的威风”的修正主义路线而遭到冲击与批判，当然一切与不问政治的白专道路有关的人与事一概都会被敲打、被清算，卞之琳也是在这种乍冷乍热的环境下当了十几年的学术统领。

如果完全按“出成果，出人才”的准则，那么应该说卞之琳是一个好官，至少是一个很称职的官，有业绩的官，但运动一来，他总要比他麾下的一个个小萝卜头多做一点检查，更有甚者，他竟然还在两次整风运动中被指点为重点对象。

一次是在反官僚主义的整风中。按说，卞之琳是最不追求官气、最不摆官谱、最不故作官态的人。当时，至少我个人认为这事不至于会摊到他头上，可是，没有想到的是，他竟成了那次整风的重点对象。不过，环顾一个近两百人的研究所，官僚主义重点整治对象，舍他为谁？一两个民主党派的司局级干部总不能随便整吧。党员领导干部中，和延安老干部、三十年代的老文运相比，卞之琳的革命资格最浅，党龄最小，身上红彤彤的色彩最淡，加以他统领队伍的方式与行事作派又有那么一点别致，这次整风的角色就非他莫属了。当然，具体的近因则是直接的导火线，事情是这样的：此前不久，研究所里根据上级交下来的任务，对外国19世纪资产阶级文学进行批判，组成了一个跨研究室的大批判组，指派卞之琳挂帅，参加的有不止一个延安来的老文艺战士，还有一批青年研究人员，任务是要写出无愧于“翰林院”水平的高质量革命大批判文章。既然参加者构成了一个战斗队，甚至是一个兵团，完成任务的方式当然就是大家动手，打一场人民战争。我当时也是这个兵团里的一名小兵，用今天时髦的术语来说，是一个边缘化的小人物，在我看来，这个任务，这种人员构成、这种战斗方式都难为了卞之琳。但他自有对策与高招，对他来说是最省时、省力，最能出成效的高招：先是让群众充分释放出其积极性与创造性，放手让他们去表态、表决心，坐而论道，统一认识，制定提纲，分头执笔…… 他自己则什么也不说，什么也不做，他这么充分依靠群众总没有错吧…… 然后，他从几位高手里接过来已经完成的批判大文的初稿，就让整个兵团劳逸结合，好好去休整休整。这一休整就是一个月，在此期间，他从不露面，从不打扰，一个多月后，他出来了，拿出一份修改稿，原来，他是闭门不出，在对初稿进行加工修订。可是，大家一看，原来那份初稿连同所有的提纲、材料都一字不剩，全被抛到九霄云外去了，眼前这一篇大文完完全全、彻彻底底是卞之琳的个人作品。完成了战斗任务，交了差，没有太麻烦革命群众，最后大文也顺利发表了，并且不是以他个人的名义，而是以集体的名义，也许在卞之琳看来，他这是做了一件高风亮节、功德圆满的事情，但参加兵团的老革命、老战士以及从来都以维持“翰林院”里道统规范与学术秩序为己任的左派看来，他把革命群众晾在一边一个多月，最后将大家辛辛苦苦的成果甩得一字不剩，作为一个领导干部如此脱离群众，藐视群众，居高临下，像贵族老爷一样，是可忍，孰不可忍？要知道，这些另有看法的人士从来都是“翰林院”里的社会中坚，他们的观点、意见与舆论，在这里经常是举足轻重的，于是，卞之琳的这个事件就成为了那次反官僚主义整风中的一个主要整治对象，他当时在听取“批评帮助”时那副神情沮丧的样子，我至今仍想得起来。说老实话，这应该说是卞之琳蓝调的一次不小的委屈的悲剧，且不论他当时没有让一大批群众拥挤在一起，白白消耗精力，免受了一次“大炼钢铁”之苦，仅以他完全包办代替的那篇文章而言，在我看来，实在要算五六十年代辨析巴尔扎克、托尔斯泰、现实主义的唯一一篇有分量、有深度、有说服力、有学术理论价值的大文，可惜卞之琳晚年未将它收入自己的文集，想必是因为与自己的辛酸记忆有关吧。

另一次是在反国际修正主义的学习中，苏联赫鲁晓夫上台后，中国的执政党就高举起反国际修正主义的红旗，大有力挽国际社会主义开始分崩离析之狂澜之态，连续发表著名的“九评”，把这一“关系世界革命前途”的斗争推向了高潮，事关无产阶级革命事业的兴衰，“翰林院”作为无产阶级的思想阵地当然要大加学习。学习的任务不外是提高认识，统一思想，清理与斗争形势不相称的观念、观点。说是学习，其实就是一次小小的内部思想整风，这样的学习自然又把卞之琳捎带上了，因为他在当时全国唯一一家外国杂志《世界文学》上，发表了洋洋近十万字的

《布莱希特戏剧印象记》。

布莱希特是20世纪德国作家，对一个20世纪西方作家进行如此大规模的评介与研究，在当时是极为罕见的，事实上，卞之琳此作是五六十年代整个文化学术领域里众目睽睽之下一件大事了。应该说，卞之琳还是谨慎有度的，他并没有去碰西方资产阶级文学这个禁区，更没有踏进“西方现代派文学”这个雷区，他选择的对象是一个德国的马克思主义作家布莱希特。但德国马克思主义者恐怕跟斯大林式的马克思主义多少是有点不同的，而中国人在五六十年代，则是按照斯大林式的马克思主义来理解问题、对待问题的。何况，布莱希特这个人还有那么一点微妙性、暧昧性，他似乎跟现代派戏剧艺术有点关系，至少跟中国人遵循苏联老大哥的观念而特别尊崇的现实主义原则有点出入，加以，卞之琳又力图使他的评论有点深度、有点思辨性，带点哲理性，这与“九评”的理论观点与理论语言就有差距了。于是，他又一次成为了重点对象，他的《印象记》也就成为革命群众“相与析”的“奇文”，当然学习与讨论都是有领导、有组织地进行的，骨干力量与中坚分子基本上都是党组织在各种运动、整风与学习中所依靠的积极分子，有的是“德才兼备”的学术接班人，有的是领导上重点培养的优秀党员，有的是一贯高举革命批判的大旗，不遗余力维持理论界的秩序的党外布尔什维克，有的是足智多谋，善于在现实生活中起作用的人物。这次学习与讨论原则性很强，上纲上线到了“修正主义思想”，不过倒是文质彬彬，讨论完就完了，不存在什么处理问题，似乎也没有什么工作鉴定与政治结论，而只留下了记忆。修正主义一词，性质的确是“高”了一些，但在那个年代，这个帽子经常满天飞，人们也见多不怪了，而且，似乎只有到了一定的层次与级别，有了一定身份才配得上这顶帽子。以我个人的经验来说，虽然在白专道路、粉红色道路上已经走了若干年，过错与劣迹早已被组织上与革命群众看在眼里，但在文化大革命之中，也只摊上了“修正主义苗子”的名号，还未能有幸进入修正主义的正式行列，那显然也是因为层次不够，级别不够，还没有修成正果。

总而言之，卞之琳在“翰林院”里的这些际遇，与他统领一个人才济济的研究室出成果、出人才的业绩，明显有点不相称，用流行的俗话来说，他是不得意的，走得不顺当。说实话，我当时就很明确地感到这一点，特别是在 1963 年文学研究所中几个外国文学研究室终于独立出来，另行成立了一个独立的外国文学研究所的时候。分所之事至少酝酿了好几年，在此期间关于何人出任这个新所的所长一职，一直是学界猜度与议论的热门话题。本来，按卞之琳在外国文学界的学术声望与在“翰林院”里的工作业绩，由他出任研究所的所长，是实至名归的一件事，而且，他出身于本单位，对情况与人员都比较熟悉，更可谓顺理成章，水到渠成。然而，最后出乎很多人的意料，领导上没有任命卞之琳，而是费了不少时间与气力，把冯至先生从北京大学西语系系主任的岗位上硬调过来出任外国文学研究所的第一任所长。

上级领导为何如此舍近求远的原因，我一直没有听说过，长期以来，按我个人猜度，也许是因为“翰林院”里有些人反映卞之琳统领队伍的方式有点自由化，因为他有些名士风度、雅士风度，而这与官位是格格不入的，到了八九十年代，我又猜度大概与周扬不大欣赏卞之琳有关，如果那时是胡乔木掌控，也许卞之琳就是所长了，因为胡乔木是很重视与欣赏卞之琳的……

不过，这件事似乎在卞之琳身上没有起任何作用，他对此好像浑然不觉，看不出他有什么心情，有什么情绪，我想，这可能是因为他心里并无此志，并无此一预期，几乎可以肯定地说，他对官位是没有什么兴趣的，更不用说有什么追求，这是他因内而外的蓝调根由，是卞之琳的可贵与魅力。

6

20 世纪 60 年代初，我从文学所正式调到外国文学所西方文学研究室，从此才与卞之琳有了具体的接触。在分所以前，只是因为我所在的理论研究室与卞之琳的西方文学室经常合并在一起开联组会议，进行例行的学习讨论或开展运动，才可能经常就近观察卞之琳，两个室各有其骨干与积极分子，我正好待在两室交界的边区，尽可能避开发言表态的义务，而充当一个静观者，说实话，在那个年代，不充当静观者，有些感受与体会是出不来的。

我调到西方文学室后，就被领导任命为该室的秘书，那时的“翰林院”，官僚机构的气息要比后来淡许多，一个基层研究室（组），除了一个室主任或组长外，只有一个室秘书，或组秘书，秘书算是第二把手，但在地位、作用、级别等各方面与第一把手相距很远很远，只不过是一个跑跑腿、打打杂的小角色，而我之所以被任命这个差事，也仅仅是因为原来那个根正苗红，一贯受重视、得栽培的同志下放锻炼未归，留下一个空档。总算我有此知己知彼之明，也还算知趣识相，在填空白的时候，勤勤恳恳，兢兢业业做好本职工作，那位同志一锻炼归来，我就赶紧辞职让路。因此，我给卞之琳当行政助手的时间并不长。

行政秘书的职务是辞掉了，但另一个学术性质的秘书职务却没有辞掉，那就是卞之琳挂帅的文学史编写组的秘书一职。事情是这样的，我调到卞之琳麾下后，当时任中宣部常务副部长的周扬，向外国文学研究所提出了编写欧洲文学史的重点任务，并且强调，能否完成此任务，是“研究所生死存亡的大事”。据后来评论家的分析，周扬此举是为了对抗愈来愈“山雨欲来风满楼”的文化大革命的前兆。不论周扬是怎么想的，反正研究所闻风而动，很快就成立了一个《二十世纪欧洲文学史》编写组，由卞之琳任组长，我则被任命为编写组的秘书，给他当助手。对此泰山压顶式的重头任务，卞之琳并未敬若神明，仍然是那种无为而治的作派，爱理不理，参加编写的中青年研究人员，倒是都很积极，把这视为一桩重要的活计。为了把事情迅速向前推进，我责无旁贷要起到承上启下的作用，于是，就得从他一些不着边际的高论中撷取若干意思，拟订计划，请他点头认可，只要他不反对，就付诸实施，然后就像一小工头似的，协调、催促、检查、集稿、修改、审定、再进一步…… 就这样从分期到分章，从大纲到提纲到细纲，经过兄弟姐妹的齐心合力，众志成城，以堪称卓越的效率，短短几个月即写出了好几万字的详细提纲，交出了一份令人满意的阶段性成果答卷，在眼毒的人看来，这个学术秘书大概有点挟天子以令诸侯的作派，但我们大家要交差呀。不是“生死存亡的大事”吗，总不能待在那里不动吧？不论怎么样，卞之琳无为而治，乐观其成，客观上也是一个不可或缺的助力，至少不是阻力，最后他挂帅的这个项目总算有了成绩，没有“掉份”。当时“翰林院”的领导对此颇为赞赏，在组织了专场报告后，要编写组去介绍情况，以推广这次“学术工作的成功经验”。

可惜，无产阶级文化大革命的风暴很快就降临，彻底打断了编写组的工作，结果只留下了一份六七万字的《二十世纪欧洲文学史》的详细提纲。

文化大革命完全结束后，胡乔木、邓力群入主“翰林院”，从此有了中国社会科学院这个堂皇的称号，业务工作也全面恢复了。卞之琳仍是外国文学所西方文学研究室的主任，但随着整个“翰林院”的扩充提升，他的研究室也水涨船高，多任命了三个副主任，其中主持常务工作、主抓政治的是一位老革命、老干部，不才则忝为其列，分工抓业务。由此，卞之琳的行政职务开始真正有名无实，及至70年代中期，又是按照“翰林院”领导的安排，三家分晋，卞之琳的西方文学研究室按不同的地区与国别，一分为三，原来三个副手又进一步扶正，卞之琳从此就完全从学术领导岗位上退了下来。据我所知，三家之中，其中之一是很明确地、很自觉地继承了卞之琳“出成果，出人才”的传统，在一定程度上沿袭了他无为而治的作派，当然也添加了一些乐观其成、大力赞助的热诚与善意，成为了外国文学所里公认的科研硕果累累、俊秀人才辈出、成绩突出的研究室，但同时也继承了经常被侧目而视、被告诫、被敲打、被否决的命运，随着“翰林院”愈来愈思想阵地化，愈来愈行政管理机关化，卞之琳的后继者的这种际遇实更有过之而无不及。

卞之琳于2000年逝世，活到九十岁，正如他生前常说的，他的家族有长寿的传统，他肯定长寿。如果他吸烟史不那么漫长，而且每天的量不那么大，他也许会活过百岁。

晚年，他带过两个硕士研究生，那是研究生制度正式建立后，“翰林院”招收的“黄埔一期”中两个：裘小龙与赵毅衡。后来，两人都出国发展，一个赴美，一个赴英，均有所成，在大学里执教。博士研究生制度一建立，卞之琳就是当然的博导，但他后来实际上并没有招收博士研究生。他晚年主要是将过去完成的《莎士比亚戏剧论痕》与《布莱希特戏剧印象记》等著作以及莎士比亚戏剧等译品整理修订出版，似乎没有写也没有译什么大部头作品，他写的外国文学评论文章也似乎只有一篇，那是70

年代末我向日丹诺夫论断揭竿而起、三箭连发时，在《外国文学研究集刊》上组织两期重新评价西方20世纪文学的笔谈，组稿对象基本上都是有锐气的中年学者，如朱虹、李文俊、陈琨、高慧勤等，老者我只请了他这一位，一是因为他是老上级，有故旧感，二是因为他对西方20世纪文学的确有精深的学养，虽然我并不期望从他那里能得到有冲刺作用的文章。我请了他两三次，他都拒绝了，还冷冷加上了一句："谢谢你的好意。"就像当年对北大诗社的小青年那样，当我不存任何希望的时候，最后，他却交来了一篇三四千字的笔谈文章。这是在文学史编写工作之后，他与我的第二次合作。

他晚年也免不了更有怀旧倾向，一些怀念老朋友的文章，基本上是集中写于七八十岁以后，显然是为了留下若干文字的纪念，但篇幅几乎都很短小，历史内容与个性的观照并不多，以自己的感受为主，感受当然是典型卞式，细腻得很，细腻得叫人有时不易体会其意。

愈到后来，他愈是深居简出，杜门谢客，人们都见不到他。大概是他去世前的一两年，我从中央电视台录制的"东方之子"栏目看到了对他的专题报道，一个形象儒雅，身材挺拔，风度翩翩的卞之琳，完全被衰老侵蚀得不像样子了，话音也细弱不堪。简直有点惨不忍睹。我当时愤愤地想，有关单位早干什么去了，直到最近才给才俊雅士留下这么一副影像，继而，我又感到释然，因为我知道，虽然得以进入"东方之子"这一个不朽行列的已经有成百上千人，但在众多的人文名家中，卞之琳毕竟是极少数极少数得此殊荣的一个……

在卞之琳去世四年后的 2004 年，我创办并主编“盗火者文丛”，恭请卞之琳入座上列，帮他的家属编选出他的一本散文随笔集，以他一篇著名的时文《漏室鸣》作为书名，因为在我看来，这篇不平而鸣的文字，多少反映出了老年卞之琳的际遇与心境，或许还蕴藉了他生平中若干尴尬事的积淀。在《漏室鸣》已经付印即将出版之际，又写了这篇《蓝调卞之琳》，算是我跟他最后的道别吧。

2005 年 4 月 16 日

悼念何西来

何西来走了，中国少了一个学养厚实、见识卓越、影响广泛而深远的批评家，在国内各种文学座谈会上、各种学术文化活动中，再也见不到他那高大雄健的身影，再也听不见他那声如洪钟的声音；在社科院宿舍区的庭院中，再也不能与他迎面相逢、停步下来、有短暂非寒暄式的交谈…… 所有这些，朋友们的若有所失感将是锐锐的、沉沉的。

他走得这样早，没有想到。他，一典型的关中壮汉，人高马大，虎背熊腰，走起路来虎虎生威，讲起话来嗓音洪亮，其形貌、其精气神，活像一具威武雄壮的秦兵马俑复活。他一直给人这样一个印象：似乎他与死亡无缘，至少是与老迈无缘。偏偏是他，不到一年前，就隐约传出身患癌症的消息，但每次遇见他时，并不见他有丝毫病态，更没有听见他谈及过自己的病，至少语气中有所透露，但见他若无其事，满不在乎，仍骑着自行车在社科院的宿舍区驰骋出入，使人觉得病魔肯定是奈何不了他，最后的大限离他还远着呢，甚至遥遥无期……

不久前偶遇时，听他说仍坚持每天步行一两公里，他正准备写一组素描当前名家名士的文章，因为正好与一家大报有稿约作为开端，柳某竟荣幸地被他列为首选对象之一。而后，他还有一项大计划，要写一部《杜甫传》……直到他去世前的一两个星期，我仍在宿舍区大门口见他骑着自行车，采购蔬菜食物回来，只是脸色似乎有点发黑，怎么也没有想到十来天后，他竟离开了这个世界。

何西来最后的时日，既是病魔快速毁人的悲剧，更是人淡定自若、顽强抗争的高歌，在这里，人的精神超越于死亡之上，人的精神力量是傲然的强者。

我与何西来基本上是同一辈人，我只长他四岁，我们算不上是很熟的朋友，与他不同校，不同学科专业，不同供职单位，但很早就互相认知，用西来的话来说，“已有半个世纪之久的渊源”，这其实是一种美意的夸张之词。实际情况是，他于 20 世纪 60 年代初，就读于中国人民大学文艺理论研究班，这个曾以“马文兵”的笔名叱咤文坛、赫赫有名的科班，名义上是由中国人民大学与当时的文学研究所合办，文学所派了著名美学家蔡仪坐镇。我当时在文学所，是蔡仪领导下文学理论研究室的一名年轻研究人员，室主任蔡仪移师进驻有名的北京铁狮子胡同一号文研班的所在地，室内好几个青年研究人员，如于海洋、李传龙、杨汉池与我也簇拥而至铁一号，担任文研班的助教职务。其实，我们这几个助教只是象征性的摆设，并未起什么作用，也没有跟文研班打成一片、融为一体，倒是由此对文研班的人员情况多有了一些了解。年轻的助教们私下对年轻的学生评头论足，掂斤掂两是常事，也是乐事，我们之中，于海洋年龄较长，阅人较多，并卓有见识，与文研班的接触也较多较早，数他最有发言权。我就听他说过，文研班的才俊中“要数小何潜力最大”，具体来说：他博闻强记，中外兼收并蓄，对经典名著名篇背诵如流，而且文思敏捷，将来必成大器，云云。于海洋已英年早逝多年，但他对小何的评价果然被何西来以后的作为所证实。

在文研班，充当了好一阵子摆设之后，我们几个青年助教就搬出了铁狮子胡同一号，虽然在任期中与文研班的学员并无多少业务关系，但我却有一个意外的收获，那就是一别多年之后与何西来碰面时，他就称呼我为柳教授，既是明显的尊称，但称呼起来又带有一种善意调侃的语调，我很欣赏他在人际交往中这种教养与谐趣的结合，更欣赏他一经出口、多年不改的大度与雅量，不像有的人那样，即使他曾因有求于人、受惠于人而对对方有应该的尊重，但一旦自己稍有得意，羽翼稍丰，便赶紧调低尊重度，迅速改变称呼，“阿三阿四”地呼了起来……既缺少教养也颇为势利。

是的，一别多年，在文研班结业后，我就再没碰见过他，他在文学所发展，我在外文所供职，像两股道上的车，文化大革命中更没有串联到一派。直到 1986 年我搬到劲松区的社科院宿舍，才与他邻楼而居，成为了街坊。两幢宿舍楼之间，有一个近两百米的庭院，种了不少树木，郁郁葱葱，那是我每天绕圈慢跑与做操的场所，风雨无阻，而那个庭院，也是出入宿舍楼必经之地，所以，我经常会在这里不期而遇何西来，低头不见。抬头见。

从那以后，多年来，我与何西来一直就保持着偶遇时停步下来就聊上几句的习惯，除了非常时期的慷慨激昂，我们的谈话既非寒暄式的，但也是纯清谈性的，对世事均作壁上观。即使涉及时局社稷，只流于一般感慨，如感慨人文精神滑落、人文学者已落为弱势人群、人微言轻。如果有什么共同的愿景的话，不外是时局稳定、社会和谐、政风清明、官场廉洁。如果说有什么担心害怕的话，那就是内耗恶斗、自己折腾、社会动乱，特别是怕社会动乱。我不止一次听他说过，“但愿社会稳定，如果发生动乱，最倒霉的就是我们弱势人群”，由此，社会和谐、国家安定、世事公平就成为了我们愿景中的愿景。看得出来，从慷慨激昂到但求安定和谐，到知晓有的事不可行、行不通而断了念想，到淡泊超然，专心回归于自己一亩三分的桑麻小园地，这就是我自认为感觉到了的何西来这些年来的心路历程，回顾我自己，又何尝不是如此？与我们同此心路历程者，已为数不少，这使我不由自主想起了前几年李泽厚与刘再复所对谈过的“告别”这个话题，如果我没有理解错的话，慷慨激昂的淡化与搁置，跟“告别”说是同趋温性平和的，两者的不约而同、殊途同归，正是中国人文知识阶层对当代中国前行的一种不显的默然奉献。

我与何西来的庭院交往，并未因为慷慨激昂的淡化而告终，因为，毕竟同在人文领域、互相不无关系，何况，我曾经也弄过一阵子理论批评，对这方面的人与事多少有点关注。对从事这个行当的人，我个人特别敬重、特别赞赏的是两种品格，一是在理论上有识有胆，敢于发表自己不流凡俗的独特创见，更敢于坚持自己被人侧目而视、甚至被人敲打的学术观点。二是在学养上有所持与有所长，而不齿于在学养上无所持、无所长、两手空空。在我看来，何西来正兼有这两方面难能可贵的特质。他不同于我们见得很多的那种只唱“向左向左”高调的理论家与只凭教条与棍棒压人的批评家，他既恪守马克思主义基本理论，又实事求是、通情达理、尊重文艺本身的规律，致力科学评价，既尊奉意识形态的规范与原则，也赏识创作个性的千姿百态。他也不同于那种出口不凡、论事不着边际、表述云山雾罩、满篇都是十分费解的现代主义或后现代主义术语的新潮批评家，他的文风明晓，史实清晰，事理辟透。我以为，他身上的这些长处正是优秀理论批评家所应具备的条件与特质。至于他在学养方面的所持与所长，也很值得赞赏，我不敢说他学富五车，贯通中西，但他在中国历史典籍与中国古典文学方面的学养是富足的、深厚的，当他要阐明证说一则道理时，随口就可以引述经典名著与古典诗词为例。我认为一个理论批评家如果没有某一专业学识为自己的立足点，他的高谈阔论是令人不放心的，难免流于一种空论，最多只是一种概念或一种教条的阐释，这种理论批评家说到底，最多就是一个空头理论家。何西来专务中国现当代文学的理论批评，他这个行当里，空头理论家不乏其人，但他脚踏专业学识的坚实之地，树立了自己与空头理论家完全不同的真正有学养的批评家的形象。

何西来不仅是著名理论批评家，也是写散文的高手，他的散文作品是比较典型的学者散文。所谓学者散文，简而言之，即为学者笔下的散文，或至少是有学养底蕴者笔下的散文。于散文的本性而言，于学者固有的条件与素质而言，学者散文必成为文学创作领域中一种自然生态，一道蔚然大观的风景，一种藏量丰厚的库存。学者有自己的本业，写出来的东西自然有明显的学业内涵，有比较充沛的知性，以实事实感为归依，言之有物；亦可有充沛的智性，以思想闪光为照明，对人有启迪灵智之效，总而言之，实不同于那种纯粹舞文弄墨，俗套应景之作，何西来的散文就有学者散文的优质。我有幸读过他若干散文代表作，开卷有益，启迪良多。他谈人格的文章，敢于讲人文智者的真话，言之有勇气。他的《秦皇陵漫兴》《居庸关漫兴》《小亭沧桑》是现代人情怀、历史风物、风土人文与旅游雅兴的完美组合，没有丰厚的学养与精辟的实感是写不出来的。他还有一篇名为《愚人节的感伤》的散文，更是特别值得赞赏的妙作，写的是何西来所亲历的何其芳的一件往事，一则值得流传后世的诗话：80 年代初，何其芳历经“文革”之后，身衰体弱，老态龙钟，但精神复苏，心情见好，一天向何西来等青年朋友出示了一首元人戏效玉溪生体诗《锦瑟》二首，使他们忙乎了一大阵子，遍查现存全部元人集子终未找到此诗的出处与踪迹。细加玩味，仿效李商隐的此二首诗，用典较多，含义朦胧，功力非凡，无人不叹为上乘之作，但乃悼亡诗抑或为自伤诗则因诗意隐晦，难以疏解论定，唯有其中不堪回首的凄清感伤思绪令人深有所感。究竟出自何人手笔？终于由何其芳本人揭晓，原来此诗是他的戏作，而出示此诗的日期则是4月1日愚人节，他跟青年朋友开了一个玩笑。结合到何其芳本人大半生难展诗才的遗憾与“文革”中的苦难，此诗倒的确是一首自伤诗。

在这篇散文里，何其芳晚年令人叹息的境况、感人的悲剧色彩、老顽童的乐天性格、卓越的诗人才华均跃然纸上，不失为现当代文学中何其芳学中有价值的第一手材料。整篇散文写得层次井然、峰回路转，颇有故事情节，且文笔灵动活泼，情趣盎然，其中还不乏对李商隐《锦瑟》诗渊源等问题的精要见解，呈现出学识学养的光泽，而对恩师的深沉感情与对愚人自我的调侃，又增加了感人的力量。这样一篇文章，在我看来，实应为当代学者散文中一个极品。

多年来，在与何西来这样一个老熟人的庭院偶遇、驻步浅谈的友谊中，我是主要的受益者，这是因为我一直主动带有获益求知的意图与他交往，这与我自身的局限性有关：虽然我要算作协的资深会员，早在20世纪70年代就正式入会，而且是第一次作代会的代表，但我与文学界关系一直相当疏远，而我的职业行当又要求我不能完全闭塞无知，正好何西来是文学界的达人、消息灵通人士，识途老马，是我最理想的咨询师与指点者，我从他那里采的风、拾的牙慧着实不少，而且不仅仅是听一听乐一乐而已，有的还给我的工作带来了明显的效益，如《本色文丛》第二辑的组稿约稿工作就是一例。我之主编《本色文丛》，完全是意外落到头上的一块馅饼，仅仅因为自己也写过一些散文随笔，为出版社主编过一套《世界散文八大家》，因而被出版社诚邀力约，委以《本色文丛》的重托。如果说第一辑以我自己这个学界的名士为组稿对象，我还能应付裕如的话，到了第二辑扩大到文学创作界，我就有些捉襟见肘了。在骑虎难下之际，幸得何西来的慨然相助，除了他自己提供一本自选集外，还介绍了文学界的两位名家邵燕祥、李国文加盟，此外还引荐了著名的明史专家同时也是散文高手王春瑜，大大给《本色文丛》第二辑的阵容增色添光。

作为老邻居，我与何西来的来往甚少，近乎君子之交淡若水，即使在有限的来往中，我也是受惠者，如他得知我被帕金森氏收归门下后，不止一次向我介绍过药方。另有一事，因为我与他都曾受聘为王蒙领导的中国海洋大学文学院的教授，每年春节校方与王院长都要在北京举行一次规模精致的雅聚，常客均为在海洋大学文学院讲过课的教授，有袁行霈、严家炎、谢冕、童庆炳、朱虹、舒乙、铁凝、张抗抗、毕淑敏等等。雅聚地点多在西郊一饭店，在北京出行无车是不可想象的，何西来自己可以驾车，于是，我每次也就成为搭他便车的蹭车客。叨扰受惠了多次，聊作回报，自己只有请他到附近一家陕西馆子吃过两次饭。这家馆子也是关中人士何西来介绍我去的，以招牌菜葫芦鸡与各种面食闻名，味道鲜美浓重，但不油腻，甚合我的胃口，而且，饭店主人颇有文人雅趣，店里挂有著名陕西人贾平凹、陈忠实的亲墨多幅。此后多年，我凡请客吃饭多选在此处，店门口有两座大型秦兵马俑塑像，人高马大的，如今每次来此就餐，都叫人很容易想起何西来。

2015 年元月

我的法共老房东

只要是学术文化界的人，到国外去都会碰到一个要花点力气才能解决的难题，那就是租房子。

他们到国外某个地方，长则一两年、两三年，短则一两个月、两三个月，他们得在那里扎下来，钻进去，跑图书馆、实验室，攻读、考察、绞脑汁、耗精神，非从容地过日常的生活不可。安居才能乐业，居住问题也就至关重要了。住旅馆那是不可想象的，且不说是三星、两星，即使是中方的内部招待所，那也是住不起的。每个月有限的生活费会全部耗费在一个住字上，还不一定够哩。要谋求住进对方接待单位所提供的廉价或平价宿舍，则必须符合各种各样的规定与条件，而且名额非常有限，申请手续之繁杂就不在话下了。于是，自己找房子就成为几乎每个访问学者国外生活的第一道难关。

我每次到法国去，都曾为居住问题伤过脑筋，所幸最后都得到了令我心满意足的解决。第一次在巴黎，先是因为房子过了一阵子辗转流离的生活，后来得到著名法籍华人学者陈庆浩的帮助，住进他一个至交的寓所。那寓所正空闲着，因为主人在亚洲作学术旅行，听说他是中国近代史上的一名将左宗棠的后代，在巴黎图书馆任职，可惜我离开巴黎时，他还没有回法国，我们未能见面，我对他一直心存感念之情，永远忘不了他那在北站附近的寓所使我有了一个多月的安居生活，我的《巴黎对话录》与《巴黎散记》中的不止一篇文章就是在那幽静的书房里写出来的。

第二次到巴黎，则更为顺利。我一到那里，就在定居于巴黎的好友沈志明的帮助下，租到了一套很好的公寓，套房的主人是个孤身的老太太，法共党员，她正好要到外地她女儿家去小住，决定让空置的套房升点值。志明君与她曾为邻居，关系很亲近。于是就成为了我与这位老太太的会合点，一下促成我们之间的这一段租赁缘分。

说实话，老太太开的房租价是很够水平的。但我欣然一口答应，不仅因为与法方提供给我的生活费与学术补助费相比，这只不过是小菜一碟，更为重要的原因是，这个居所各方面的条件实在是使我太满意、太满意了，从它的地理环境到内部设施。

在市区的一个地铁站附近，有一条优美宁静的街道，其尽头与著名的纳意桥区相连，那个区的马路特别宽敞空寂，两旁有巨大浓密的梧桐树合拢在马路上空，路边则稀疏散落着一些深宅大院，此乃巴黎一著名的富人区也，而在街道尽头与此富人区接壤之处，有一幢整洁美观的公寓楼，它与纳意桥区只隔一条三四米宽的林荫道紧接为邻，我租的套房就在这楼的三层上。

这幢楼看起来已有近百年的历史，属于巴黎那种传统式样、上佳质量的住宅楼，通过带铁栅的玻璃门，可以看见楼下有一个相当宽敞的厅堂，一圈大理石的楼梯盘旋而上，其圈内则是一个吊笼般、可容三四人的老式电梯。“听说这位老太太当了一辈子工人，她怎么住进这个有点像府第的楼房？”

一进套房，我对这位法共老太太的富裕程度不再有什么浪漫的猜测了。它这套房间面积并不大，只有两间十多平方米的居室，连接两个房间的是一条狭长的仅一米多宽的走道，两个居室之间，还有一个面积相当大的厨房，里侧则有一个狭小的洗澡间与厕所，整个套房的格局基本上就是三点一线，相当紧凑，对于一个孤身老太太来说，这空间是足够宽敞富裕的了，“你没有想到吧，这两间房子过去有一个时期，同时住着房东一家老老小小共八九口人。后来房东的父母先后去世了，孩子们也长大成人，都离开了家庭，老伴也不在了，只剩下房东一个人。”一听沈君此话，我不禁愕然，没有想到眼前这一套整洁雅致的房间在同一个主人的名下，经历过如此的拥挤和寒碜。

一间房子做客厅用，墙上糊着黄橙色、呈大朵大朵葵花状的壁纸，烘托出一种活泼欢快的氛围。长条乳白色的沙发对面是一排新式木料做成黑白两色相配的壁柜，很有现代主义的气息。壁柜的格子里放着若干本小说。有雨果的《悲惨世界》、大仲马的《三剑客》、巴尔扎克的《欧也妮·葛朗台》等，没有一本20世纪的书，就像有些中国家庭的书架上只有《三国》《红楼》《水浒》一样。沙发的上方，挂着一幅镶在金色镂花木框中的风景画，画面的景色与绘画的风格，颇有柯罗的韵味，当然不会是那位 18 世纪著名的风景画大师的真迹。墙角有一个线条极为简单、但风格十分现代的架子，不同的层次上分别摆着电视机、收音机与录音机，窗前有一张像案头一样的桌子，也是乳白色。整个房间整洁明亮，一走进去，顿时就有舒畅之感。

另一间是卧室，墙上也糊着黄褐色的壁纸，但是细花柔枝的图案。面向天井的几扇落地窗都沉甸甸地垂着帷幔，两边白色的壁柜严严实实地闭着，都给人以宁静之感。只是在摆床的那个角落，弥漫着一股萌动的气息，那是一张驼黄色单人床，上面铺着同一色调的毛毯与玫瑰色间黑白图案的床单，而在床侧的墙上，则是一大幅镶着镜框的裸体画，两个丰腴肉感的女子出浴后正在岩石上小憩。“第一次进入一个法兰西女性的闺房，而且是有点香艳味道的闺房”，我不由得产生了这样一个非常愉快的一闪念。

厨房的清洁卫生程度是家庭文明化的重要标志。平整洁净的灶台上四个电炉，就像四个整齐的碟子，洗刷池白晃晃的，没有半点污迹，挂在墙上的不锈钢锅盆锃亮闪光，厨房中央的餐桌漂亮而一尘不染，柜子里分门别类、有条不紊地摆着各种餐具、器皿与餐巾，其洁净犹如医院里陈列在玻璃柜中消过毒的医疗器械……至于厕所与浴室，恕我直言，其清洁程度，显然超过国内某些餐馆或食品摊贩。

“房东老太太临行之前留言说，套房里所有一切设备与条件，房客先生都可以随意使用。”太好了，尽管房租不含糊，毕竟租到了一个完整的家，套房里所有的生活用品都应有尽有，那客厅是读书、写作、听音乐、看电视以及接待朋友的好场所，那卧室是个舒适而温馨的小天地，干干净净的床具与被单，散发出新鲜的阳光的气息……

不过，最后还有两个问题，我还有点放心不下的一个问题是，在进出这幢楼的时候，我未曾见到一个邻居，除了大门口有一个和善的看门人外，似乎就没有旁人了。等到天黑，我撩开房间的窗帷，想观察一下这幢楼究竟有多少窗户是亮着灯的。这是一幢六层楼的环形建筑，所有套房的窗子都对着一个巨大的天井。我所看到的是一片黑暗，只有较远处的一两扇窗是有灯光的，也就是说，二三十套房子只有一两户是有人居住的。这一片黑暗颇构成一种无形的精神压力，使人想起电影中常见的那种发生恐怖事件的大楼。我赶紧放下窗帷，又到房门前去检查了一下门锁。防盗装置是很周全的，共有五道锁，两道是门闩式的，两道是用钥匙的，另一道则是带门链的，而房门本身又是用厚木板做的，有一面还包有铁皮，看来安全程度还是蛮高的，一个孤身老太太不是在此已安居多年了吗？第二天，我才从守门人那里知道，这幢楼里几乎所有的居民都到外地度假了。这正是巴黎的度假时节，而楼里的居民都相当富裕，法共老太太到女儿家去小住，也可以说是保持了外出休假派头。

再有一个我需要搞清楚的问题，要等到熄灯之后才能见分晓，而这一生活经验是我来巴黎时头几天住在我方内部招待所里养成的。一天半夜，我由于某种需要打开了电灯，突然发现密密麻麻的蟑螂正在桌上、地板上爬窜，为数不下于五六十只，幸好巴黎的蟑螂个头不巨，只比西瓜子略大，不像我幼年逃避日寇住在小县城时所见到的铜钱大的偷油婆，否则，如此之众，定会更吓人一大跳。我赶快抄起桌子上的烟灰缸、报纸、床前的鞋子一阵扑杀，最后蟑螂死的死，逃的逃。我知道事情远没有了结，这种虫子污染性极强又很狡猾，如果要将它们基本肃清，还得好几个回合。“今夜晚，老子豁出去了。”欲求其效，必先利其器。我把报纸折叠成一个个厚厚的长方形，然后又把它们做成像大图章一样的形状，手执其柄，就成为压杀的利器了。我熄了灯，静静地躺着，然后，猛地一起身，突然把灯打开，果然，又发现一大批贼虫出来了，这次有了得心应手的利器，战果更为辉煌。而这种核弹我已制作了十来个，足够这一夜使用。然后，我又熄了灯躺下，过了半个钟点，又猛地起身把灯打开，开始第二轮压杀……如此反复进行多次，最后，终于不见有贼虫再出来……

招待所的那两夜，使我深刻认识到一个很有民族大义的真理：外国的月亮并不比中国的圆，花都巴黎同样有蟑螂。于是，到了老房东家，我可不敢麻痹大意，我事先准备好几个上述那种压杀利器，熄了灯，静静地躺着，等待大量压杀的时机……我蹑手蹑脚摸进厨房，这里显然是重点战区……猛然把灯打开，灯光特别明亮，墙面、桌面、灶面、橱柜面平整严实，没有任何地方、任何缝隙容得下一个小小的阴影与轻微的蠕动，但在我面前的却是一个“月亮”，一个没有任何生物迹象的寂静的世界……嗯，也许老太太家的蟑螂比较世故，咱们等着瞧吧……第二次实验结果仍是原样……这种老房子，曾经塞满了十来个人，不至于没有贼虫吧……可能在卧室、在客厅里会有，要不然在厕所里、在虽说整整齐齐但毕竟是堆了不少物品的走道里会有……以下的搜索仍有“对敌斗争的性质”，但进行起来就有点儿像做游戏了……一次又一次的搜索之后，仍然未发现任何敌情，我意识到了自己是白白地与风车作了一夜战斗，但心情反倒格外欣喜舒畅……没有蟑螂的房子，世界上毕竟不是到处都有，我在北京，每个夏天，跟这种贼虫做斗争就没有少花钱、少费劲……在北京的公寓楼里，人们很难杜绝这种害虫，就像在这个城市里很难看到蓝湛湛的天空一样……

就这样，我在这位老房东家安居了下来，度过了生活舒服、心情舒畅的一个多月，在她那间明窗净几、陈设简陋的客厅可以工作得格外专心，在她那个洁净的厨房里烧饭做菜亦不失为一种乐趣，工作之余到楼外那条看不到尽头、几乎没有行人的林荫大道上散步，更是一种巨大的享受…… 这位法共老太太，我一直没有见过。起初，对我来说，她只是一个抽象的存在，只是一种无形的租赁关系，逐渐，我从这套房子的洁净、卫生、舒服、雅致等等，几乎无处不感到她的存在，每天夜晚，我钻进玫瑰色的被罩，就势一躺，眼光不由自主总要掠过侧上方墙壁上的那幅美女出浴图，不时，我就闪过这样的猜测："这位老太太年轻时恐怕是一个风雅的女子。"

从此，我不那么太留意对这位老太太的议论了，但是，我所能听到的毕竟非常有限，不过是偶尔从沈君那里听到的只言片语而已。而且我毕竟不可能去包打听，当然，我对老太太的好奇心也还没有强烈到那种程度。听说，她是法共的一个非常忠诚的党员，每当社会上、国际上发生什么事件的时候，她要发表意见时总是这么说："我要去请示我的党。"有一次，她看到电视里放映十月革命中人群攻陷冬宫的历史资料片时，竟热泪盈眶地说道："什么时候法国才会发生这样伟大的革命啊。"听到这番介绍，我似乎看到了老太太坐在电视机前、面对着黑压压的潮水般的人群拥向冬宫的图像，面对着战壕、街垒、泥泞、鲜血、断壁残垣的图像，无限向往、无限感叹的神情……我不禁产生一个以小人之心度君子之腹的猜想：如果老太太所企望的事情在法国发生了，她的这套房子是否还可以出租？她那幅美女出浴图是否还可以挂在墙上？……

法共的那一面大旗，50年代以前一直在西欧迎风招展，在它的周围，聚集着不少世界社会主义阵营引以为荣的一些大知识分子、大思想家、大艺术家、大文学家。匈牙利事件之后，他们有的散去，有的反思，有的转向。高举这面旗帜的不再有罗歇·瓦扬了，不再有玛格丽特·杜拉斯了，也不再有豪情满怀的阿拉贡了……而我的这位房东老太太却仍坚守在这面旗帜的旁边……

意想不到，我终于见到了庐山真面目。有一天，我从图书馆回寓所，在沈君家附近与他们夫妇不期而遇，他们正陪着一位法国老太太，经介绍，原来她就是我的房东。她衣着体面，白胖白胖的，颇有富态，容貌端庄，天庭饱满（宋丹丹式的），地阁方圆，眉目清秀，戴着一副眼镜，很像一个教师，是法兰西女性中娴雅浑厚的那种类型。她这一天一大早从外地赶回巴黎，仅仅是为了在巴黎市议会选举中投法共候选人一票，现在她正要赶中午的火车返回到外地的女儿家去。她不能在巴黎停留，原因是不言而喻的：她的住所已经出租了……

为了投法共候选人一票，她竟不辞劳顿专程奔波外省与巴黎之间……

这已经是十年前的事了。

前不久，友人夫妇要到巴黎小住，行前闲聊，谈到了此去的住房条件，他们颇感庆幸，托巴黎的朋友帮他们找到了一套住房，房租不低，但条件甚好，在富人区，房东是个孤身老太太，法共党员……

听到这里，我不由得惊奇地叫了声："又是她，玛德莱娜！"

我这回才想起了她的社会理想与她按市场经济规律、以高超的"打空当"的艺术使她那套房子不断升值的运作方式……

1999 年 5 月 21 日

辑五

书生五十年祭

五十年前的金秋时节，北京大学西语系53届英、德、法三个专业的共四十多名毕业生，走出了校门，像蒲公英一样飘落在天南地北。

“走出校门”说得稍嫌笼统，事实上，当时没有“走出校门”的有近十人之多，仅仅因为他们在“大鸣大放”中讲过那么几句有点个性的话，甚至只流露过若干有点个性的情绪，就被组织上留在校内多待了一段时候，出来时一个个都戴上了一顶另类的小帽，一戴就是十年，以至十几年，其重负、其苦楚只有他们自己深有所感，旁人仅看见他们在艰苦地区一“劳动锻炼”就是好些年，甚至十来年，延误了施展才华、延误了恋爱结婚……

蒲公英飘落在天南地北，际遇、道路各不相同，甚至有天壤之别，有的很快就杳无音讯，不知被淹没在哪股尘沙之中，有的专业不对口，用非所学，久而久之便不知所终，有的大概是生命力过剩，而未加制约，免不了就折腾一下，但这哪里是个允许你随便折腾的时代？于是自食其果……当然命运显赫荣耀者亦有人在，虽为数不多，有的进入了军界，出了不止一个将军，有的进入了外交界，在联合国内风光了多年，只因宦海无常，难免有点沉浮了……

北大西语系是以培养西方语言文学教学与研究人才为宗旨，投入这个门下的学子原本都是些有“莎士比亚崇拜”“歌德情结”“巴尔扎克仰慕”的青年，一心想通过西语系这个管道，成为学者、教授、翻译家，个个书生气十足。所幸计划经济时代的教育分配制度还有那么一些优越性，57 届毕业生中竟有相当数量一批人走上了文化学术工作岗位，而且比较集中于北京地区。半个世纪过去了，虽经人事沧桑变化，现仍在北大当教授的就有六七位，在中国社会科学院当研究员的则有七八位，在其他高等院校当教授的也有两三位。“隔单位如隔山”，其他单位的同学在学术文化上的作为，实不敢随便评述，仅就在中国社会科学院外国文学所工作的六位 57 届同学的业绩而言，我倒是就近看得一清二楚、敢略述一二，兹以姓氏笔画为序：

金志平长期供职于《世界文学》杂志，当过第 X 任主编若干年，续了鲁迅、茅盾当年所创建的《译文》的香火，兢兢业业，尽心尽力，一年六大卷，均有他的劳绩。他还是一个早慧的译者，大学还没有毕业，即已有译作问世，颇像后来的徐静蕾大三时即已上了荧屏。此后数十年仍笔耕不辍，幅员甚广，乔治·桑鸿篇巨制的小说《康絮爱萝》即为其中的硕果之一也。他对法国 19 世纪下半期的戏剧亦颇有研究，涉猎甚广，留下了可贵的论述。

罗新璋当年即堪称“少年才俊”，早慧得更是惊人，大学期间已与傅雷有书信来往问道译术。后来，他长期与“洋教席”共事，练就了一身中译法的过硬本领，在《中国文学》上大显身手，向国外译介上至《诗经》《离骚》，下至鲁迅的中国文学精华，对传播华夏文化立的功劳大矣哉。他另一大业绩是继承了傅雷译道传统并发扬光大、更做出了新的典范，具体来说，傅雷全集二十卷的校订工作全部由他完成；他所译出的《特蕾斯丹与伊瑟》、特别是《红与黑》，其译艺水平较傅雷有过之而无不及，其译笔之雅，实为当今的第一人，早已享誉海峡两岸；他对古今翻译理论的研究与整理要算是译界最有成就者，此外，他对莫洛亚、龚古尔兄弟的研究，也结出了硕果……

高中甫，他是德语文化领域里一位最具学术活力的学者，这位山东汉子，精力充沛，兴趣广泛，其硕果也是多方面的。他是一位对德语电影艺术有精深研究的专家，他又是好几部重要交响乐家传记的译者，他的主业是德语文学的翻译与研究，所译作家甚众，所译作品甚多，从歌德、莱辛直到勃兰克斯、施尼茨勒、茨威格……是一位名副其实的多产译家，在译林很有声望，他所撰写的《歌德评传》与《歌德接受史》是两部力作，无疑奠定了他在我国歌德研究领域里的首席权威的地位。

高慧勤，她是一位出色的东方文学专家，她主持编写的《东方文学史》，是该学科中最有分量的一部论著，填补了我国外国文学研究领域中一大块空白，是一项开拓性的文化工程。她是日本文学中川端康成、芥川龙之介等作家最出色的译者与研究者，她以娴雅的文笔，最好地再现了这些作家的文学风格，又以深邃老到的论说剖析了他们内在的精神，她的译作与研究论述都是学界中不多见的精品。她治学严谨，为人宽厚，不论是学力与人品，使她无可争辩地成为我国日本文学翻译研究界的领军者，作为日本文学研究会的掌门人，她以自己的学力与亲和力，使得这个学界欣欣向荣，充满活力。

韩耀成，早在北大时，他就是聪敏而内敛的一江浙少年，后来从事对外文化宣传工作，又历练出锐敏的政策感和分寸感与过硬的中译德的技艺，为国出力，颇多贡献。到社科院后，他多年担任外国文学所机关刊物《外国文学评论》的常务副主编一职，是名副其实的实际掌门人，充分发挥出在政治与学术之间觅求精妙平衡点的才干。他还作为本研究所领导的一位重要而得力的“辅臣”，参与了本单位好些重要的学术活动与学术项目，勤勤恳恳，尽心尽力，诸多付出，为维持一个学术单位的学术体面立了汗马功劳，而从不计回报。如果他用这些时间来从事自己的学术文化开拓，他本可以有更多的业绩，即使如此，他也为读书界献出了《少年维特的烦恼》《城堡》《一个陌生女人的来信》等上佳译品与其他若干重要的德国文学选本以及《德国文学史》中的独立一卷。

以上五个老同学加上我一共是六人，在一个不到二百人的学术单位里，倒也构成了有内在联系的“一拨人”。虽然如此，我们各得其所，各行其道，除了罗新璋、高慧勤伉俪外，其他人的互相关系并不密切，不过，每当我想起这一拨特定的“北大人”时，我对他们的学术作为至少还是有一种欣赏之情、乐观其成之情，即使不敢说是集体荣誉感、自豪感的话，因为六个人的作为在这个学术单位中实占有相当大的份额。

将近十年前，法国文学研究会在中国社会科学院外国文学所的大会议室，举行了一次名为“译界六长老半世纪译著业绩回顾座谈会”的学术活动，策划与主持这次活动的，是当时的法国文学研究会仍在任的会长柳某，此人在任期内还算有“敬老尊贤”的追求，眼见其他政、军、演艺影视、新闻出版各个领域、各种层次、各种范围的这种那种“周年纪念”活动（大至几十周年，小至一两周年的纪念活动）层出不穷，把各界人士的功勋业绩表彰宣扬得家喻户晓，深感本学科领域虽小，亦不乏卓有劳绩的耕耘者，不说有功于社稷，至少有益于文化积累，“同在一个屋檐下”的人对此不能熟视无睹，无动于衷，于是就把情况各不相同的陈占元、许渊冲、郑永慧、管震湖、齐香、桂裕芳这六位前辈硬捏在一起，对他们进行缅怀，这便是那次学术活动的初衷。其实，他们年龄相距甚大，只有一个共同点，那就是从事文化译述工作均已超过了五十年，因为都年长于活动策划者、主持者，故被称为“长老”。这种活动只备一杯清茶，既不存在官方的“嘉奖”，也不存在媒体的颂扬，只不过是后来者基于对人文领域乃一个积累的领域、而非是取代的领域这样一个学理的理解，对先行者的一声致意的问候。倒是颇为有趣的是，参加座谈会的一位中年人对此一活动大生感慨，颇有点感伤，说什么等将来自己到了致学五十周年的时候，恐怕就不会有后来者举行“回顾缅怀”的活动了。其实，发此感言的此君是学界一著名的少壮派，一直锐气十足在学术道路上披荆斩棘，在当时我这样已被组织上非常及时编入了退休人员队伍的六十多岁的老朽听来，觉得他发此感慨显然早了一些，如果将来会有此种失落感降临的话，那么应该说是先轮上正在向古稀之年挺进的我辈，而还轮不上他们那一辈。不论如何，那次学术活动效果还不错，至少在同行同道之间，留下了一点慰藉与温馨，会后，多年没有联系的一位前辈还特别托人来表示了感谢。

时光荏苒，从那之后，我辈快速向致学达半个世纪这个年头迈进，但我对此几乎浑然不觉，更没有对上述那种“回顾”存分毫期望，原因很简单，人总得有点眼力见儿，总得识时务吧：从大环境来说，人文精神滑落，人文学科萎缩，人文学者急速边缘化、弱势群体化，从小环境而言，“长江后浪推前浪”，风急浪高，急功近利，新陈代谢功能亢进，连赶紧遗忘、抹去记忆都来不及呢，要“回顾”有何用？有了这些“彻悟”，自然就随遇而安，顺其自然了，于是，不知不觉到了1957年五十年后的这个金秋时节。

正在这一时节，北大57届老同学罗新璋载誉从海峡对岸归来。他原本就是载誉而去的。三年前，他作为内地著名的法语翻译家、翻译史家得对岸著名高等学府台湾师范大学的盛情聘请前往担任翻译讲座的教授，三年来，他备受校方的最高礼遇。薪水是待遇的标杆，每月 11 万新台币，折合人民币约 2.7 万元；舒适宽大的住宅单元，周到的生活服务与教学服务不在话下；他七十岁生日时，译研所为他举行隆重的纪念活动，他在香港荣获翻译奖时，译研所又视为本校的荣誉，为他摆了庆功宴……他回到北京后，大概是由于游学在外三年，积攒了一些故土之恋与怀旧之情，建议六位在中国社会科学院任职工作了五十年的北大 57 届老同学聚一聚，吃一顿便饭，算是我们自己的纪念。我是第一个附议者，于是，我们俩人分头邀约，大家纷纷热情响应，欣然愿意参加的还有院外的两位老同学赵桂藩与王晓峰夫妇，他们在北京一所大学当教授已有多年，除了辛勤育人外，笔耕不辍，早有多部译著与论述问世。大家之所以如此一拍即合，我想，大概是因为，大家都没有忘记五十年半个世纪这个整数，而且是一拨人的五十年，说回顾也好，说纪念也好，说庆祝也好，反正用这么一个简朴的形式，算是对我们自己、对这五十年、对五十年来的日日夜夜、书斋劳动、爬格子生涯表示一点念想，作一点祭奠，有一个自我交代，有一点自我犒赏……

2007 年 10 月 14 日中午 12 时，我们八个人相聚在中国社会科学院后面一条街上的美林阁餐厅。一切都再简朴不过：大家坐地铁或步行而至，因为没有一个人是家里有车的；大家点的菜基本上都是清淡的、低价位的，没有鲍鱼、甲鱼之类的东西，最为高级的两道菜是清炒虾仁与清蒸桂鱼，因为身为每月工资仅3400元上下的社会科学院退休研究员，一直习惯于低消费，何况，高胆固醇过多于七十老人不宜；饮料只有一壶菊花茶，外加一瓶北京啤酒，一瓶张裕葡萄酒，因为我等并无畅饮欢庆的冲动与需要；席间没有慷慨的言谈与高调，虽然我等上大学第一年国庆游行天安门前时，都曾精神高亢、热泪盈眶；交谈中亦无业务合作的意愿与计划，因为外国文学书籍的出版日益萎缩，我等已感到难以有所作为，何况，稿费标准低，且难以兑现，还不如炒股或研究基金投资；席上亦无骚怨之语，只是自我调侃称，如像在新中国成立初期以一部译稿的收入即可购买一幢四合院那样，我等早已拥有十几处房产矣；席间亦无浓烈辛辣的话题，唯一尖锐的就是骂陈水扁很狡猾，鬼点子多，会玩花活……当然，最简单不过的是,“开宴”没有任何仪式，也没有“致辞”与“祝酒”，只是大家站起来，碰了碰杯，不约而同地说了一声：五十年，不容易，然后又参差不齐地重复了两三次：“不容易，不容易”，仅此而已，没有多一句话，没有多一个字。

“不容易”这简简单单的三个字，在我听来，真是五味杂陈、不胜言表：眼看本届同窗一个个受“生存荒诞性”的定律而离去，我等毕竟活到了古稀之年不容易；大半辈子不断思想改造、斗私批修，在运动中摔打，作为“公家人”不容易；面对过障碍、阻力、打压、拖拽，在漫长的学术道路上走过来不容易；在长期营养不良、身心透支的状态下绞脑汁、熬过一个个不眠之夜、爬出了几百上千万的格子、终于在公共图书架上占有了一定空间，作为“精神苦力”不容易；在功利主义、商品经济大潮中，眼见善炒者、善玩者、善窃者一个个暴富，如雨后春笋，仍安贫守素、坚持清苦的精神追求、作为纯粹的人文知识分子不容易；总而言之，我等以现在的境况状态、所获所缺而存在于现实之中不容易……

这一天天气晴和，秋高气爽，恰逢星期天，美林阁外环境清雅幽静，车器甚少。聚餐结束，我们在马路上轻松步行了一小段路，在靠近地铁的地方分手道别，又不约而同表示，希望六十周年时再聚一次，不过不知那时还能否凑齐今天的规模……说时，调侃地笑笑，并无半点伤感……

我坐在回家的车上，也许是因为近期刚经受了白发人的哀痛，心情不朗，我忽然想起了老舍《茶馆》的最后一幕……

2007 年 10 月 24 日

在一次涮羊肉聚会上想说的话

——向两个八十岁老同学致贺

每当年已七老八十的朋友相聚时，我几乎都联想起老舍名剧《茶馆》中的最后一幕。

在那一幕里，几个历经时代沧桑的北京老人，偶然在茶馆里碰上了，于是就出现了一场充满悲凉意味的戏剧场面。于是之、蓝天野、郑榕几位，在人艺舞台上转着圈、吆喝着，自得其乐，然而五味杂陈。虽然，我们相聚的时代社会氛围已经完全不同，我们的经历、我们的存在状况、我们的精神世界和茶馆里那几个人物已经大不一样，但我们的年龄都摆在这儿了，我们所面临的自然规律，谁也不能免外。

今天，我们同行同道的几个老朋友又一次相聚，按北京的习俗，涮一次牛羊肉。如牛群一个有名的相声中所说的，搓一顿总得有个名义吧，今天，我们相聚的主要名义是，恰逢罗新璋、金志平二位的八十岁华诞，小聚小聚，意思意思，顺便也是为了答谢本学界朋友对我那十五卷速朽文字的宽容与善待、支持与抬举。

两位寿星可不像八十岁的老头哟，请看，二位满头青丝、容光焕发、颜面光洁、举步轻捷，哪儿像八十岁的人？这样的八十华诞，更应该贺，值得贺。

今天相聚，一贺他们这些年来活得很充实、活得很有劳绩、活得很有风度。

早在北大学生时代，他们二位就是班上专业课出色的优等生，一入学就深得吴达元、齐香两教授的喜爱。吴达元是法语语法的权威，每次上讲台都是西装笔挺、头发锃亮。他的文法课本身就是教学精品，解说明晓，条理清晰，指导同学操练十分得法，对同学们既严格又严厉，学生应答的正确，他就笑逐颜开，如果回答的不正确或者不完全正确，他难免就要摆点脸色，我记得吴达元对他们两位总是笑逐颜开的。齐香是那位在梅兰芳生活中扮演过重要角色的著名文化人齐如山之后，她既有大家闺秀之质，又有雍容华贵之度。她是法语语音学的权威，法兰西谈吐艺术的大师，其语音之准确，字正腔圆，音色音调之悦耳，近似乐曲，令法国人也自叹不如。她特别喜欢耳朵灵敏、嘴皮利落、伶牙俐齿的同学。罗新璋与金志平皆为齐香教授的得意门生。

他们两位年龄虽比我等小一两岁，但天资早慧，业务志向成熟得却比我们都早，对业务发展道路比我们更早地胸有成竹，采取的行动也更为超前。金志平大概早在二年级就翻译了一本关于莫里哀的书，并且得到了出版，是班上出现的第一个翻译家。

西语系二年级学生就出版了译作，这绝对是不同凡响的事，当时，我对他就很钦佩很羡慕，受他的启发，也开始弄点翻译。

罗新璋业务头脑与事业规划似乎比一般同学要高一个档次，颇有点深谋远虑，出手也更为不凡。他早就研习文学翻译之道，真正下了一番苦功夫，确有感悟，颇有见解之后，采取了一个大学二、三年级学生一般难以想象的行动，致信翻译大师傅雷，切磋译道。敢于这样做的，皆为有大志向者，诸如：罗曼·罗兰致信托尔斯泰；梁宗岱致信瓦莱里。毛头小子致信大师者，肯定大有人在，但能得到大师回复者，必然是“有一两把刷子的”青年才俊。罗新璋此举传为译林美谈，这是他翻译事业积累的“第一桶金”，日后，他沿着傅大师的道路，艰苦前行，刻苦努力，劳绩厚实，包括不止一次全面校订《傅雷译文全集》（20 卷），终于赢得了“傅雷传人”的雅号。

大学毕业，青年学子，像蒲公英一样，飞落在不同的地段、不同的土壤。金兄进入了历史悠久、鼎鼎有名的《世界文学》编辑部，从此，就没有动窝，从小编辑干起，一直干到了主编，将近半个世纪的勤奋与辛劳凝聚成了一本本内容充实丰富、新颖有吸引力的刊物。《世界文学》始终是我国文化领域中一道优美的风景线，对文化繁荣局面的维持和发展，金兄功不可没，尚且不说他还不断有自己的译著成果问世。我还要特别强调一点，这个刊物的特色与魅力就在于它选题的原创性，我对编辑工作选题原创性的重要与来之不易有所认知，所谓选题的原创性，就是要从广大无垠的文化海洋中，最早、最先地发现、看准、选择、捞取适合于社会主义中国读者的东西，加以翻译介绍，也许只是一个贝壳，也许是一片海藻。没有原创性、先创性的选题，就谈不上开拓、更谈不上发展。我从自己主编《法国现当代文学资料丛刊》与《法国二十世纪文学丛书》的工作中，对原创性选题工作的艰难性，对编选者耗费劳力与时间之巨是有体会的，而且深知这种原创性的选题工作完全是无名英雄的工作。金志平在职几十年就是从事这样的工作，仅以上而言，他的业绩也是可佩可敬的。

罗新璋这颗蒲公英种子，当时由于阴差阳错的原因，错落在本不该落的地方，在一家书店当办事员。专业不对口，有才不能施展，但他精研译道之志不移，在简陋的集体宿舍中，在每天几乎都需要加夜班、业余时间少得可怜的条件下，以坚忍不拔的精神，从细读、研读与抄录傅雷的译文做起，在短短三两年内竟抄写了二百五十五万字，占全部傅译的百分之九十三，其辛勤几乎废寝忘食，每天只睡五个小时。正是通过这种苦功夫，积累了丰厚的译术经验，并开始形成他的译道思想体系。他这五年多的经历，与沈从文被打发到地下室故纸堆里，却奉献出了巨著《中国服饰史》的感人故事有些相似。我曾把沈从文先生这种在艰苦条件下却有大作为的精神称为“石头缝里的精神”，视为中国20世纪人文知识分子不同程度所具有的可贵品格，罗新璋显然属于这一个行列，对此，我是很钦佩的。

后来，他的工作环境总算有了转换，被调到了对外宣传的文学刊物《中国文学》法文版，从事中译法的文学翻译，在这里又工作了十七年，长期与外国专家朝夕共处，把中国文学的经典，从《诗经》《离骚》一直到《水浒》《红楼梦》以至当代作品译成法文向外介绍，为中国优秀文学作品走出国门立下了汗马功劳。同时，他自己还练就了一手中译法的硬功夫。然而，他仍割舍不了自己的夙愿，其志仍在法译中的文学翻译，以继承傅雷的事业与传统，为此，他以一己之力校订了二十卷之巨的《傅雷译文集》。

直到 1981 年，他总算调进了中国社会科学院外国文学研究所。当时，作为他的老同学，我很高兴、也很荣幸曾为此事起了一点鸣锣开道、吆喝推进的作用。外文所有一条规矩，只承认有研究成果者为研究员，而有翻译成果者则为译审。但也曾有一个例外，卞之琳任西方文学研究室的主任时，让五四新文学运动的宿老潘家洵拥有研究员之名，而只务翻译之实，我作为当时法国文学研究室主任，效卞之琳之举，让罗新璋以研究员之名而行翻译之道，我的理由也颇振振有词：研究译道、译术，难道不是正正经经的文学研究工作吗？到了社科院外文所以后，罗新璋进一步大展他法文翻中文的抱负，不断有翻译精品问世，但他的选题在我看来有点特别，他译了法国中世纪的两部作品：《列那狐的故事》《特里斯当与伊瑟》。后来，才慢腾腾地译起了《红与黑》。我生平有一志，只想译出《红与黑》来，但得知他在翻译《红与黑》后，我心服口服，从此断了这个念想。他译的《红与黑》堪称译界经典，此译作五易其稿，通读三十五遍，精雕细琢，精益求精。窃以为以其译术之讲究、译笔之完美，与傅雷先生相比，已有过之而无不及。至于他的翻译理念与翻译理论体系，也许不一定为译林各门派所共识，但我是很欣赏的，我对翻译的理解很粗浅，不外是这样一句话："文学翻译就是透辟理解基础上语言修辞再创作，译品本身应该是文学作品。"而罗新璋在对傅译做出了系统深入的研究后，则总结出了这样一句精彩的警句："文学翻译就是七分译三分作"，特别是三七开，为什么不是二八开，也不是四六开，其中自有他本人的讲究，当为对翻译理论的一大贡献。

今天我们相聚，二贺金罗二位一生都不失为真正的好人，真正的君子。真好人真君子，特别值得一贺。

他们二位为人善良，老实敦厚，心气平和，与人无争，谦逊礼让。志平淡泊名位，从不在乎主次，他乐于助人，很好相处合作，善于默契配合，在任何时候都是一个好伙伴。我从他那里得益甚多，我第一次访问巴黎，有幸与他结伴同行，我很多珍贵的照片都是他替我拍摄的。我任法国文学研究会会长的十年期间，他任研究会的秘书长，是我绝好的一个合作搭档，他不仅识大局识大体，而且不拒绝任何琐细事务。如果说，法国文学研究会在当时确曾推动了本学科的发展，在敬老尊贤方面确有所作为，对迎来送往的礼仪还算是做得周到，也确为本学科才俊多少搭建了几个展示的平台，如果确有这些作为的话，其中都有他的一份贡献。

罗新璋绝非没有自己的眼力与心智，但在人际关系中，他谦虚有礼，善于结交朋友，与各方人士均有友好交往，他与世不争，在群雄并立、有如春秋战国一般的译界，在争强好胜、PK成习的局面中，他竟能超然物外，与各方人士彬彬有礼，友好相处。他也不时被矛头所指，锋芒所向，但他仍善于与各路英雄友好相处，甚至小棍子已敲打到他的头上，他似乎仍能浑然不觉，毫不在意，达到了大智若愚，难得糊涂的高境界。

我跟他在一个研究室共事数十年，他专务翻译，对文学评论研究没有兴趣，我则职责所系，必须经常拿出所谓的文学研究成果交差，而于翻译，则往往是由于不得已的原因偶尔为之，我和他就像平行道上的两辆车，各走各的路。但我从他那里也得益颇多，其中主要的一项就是，我经常借用他的大名，来壮我自己某些项目的声势，如为了夯实对日丹诺夫论断的揭竿而起，我创建了三个工程，其中有两个我就拽了他入盟：一是《法国现当代文学研究资料丛刊》，一是《法国二十世纪文学丛书》，由于当时我有孤掌难鸣之感，便从《萨特研究》起，就硬拽了他作为《法国现当代文学研究资料丛刊》的主编之一，和我并排站在风口浪尖上；而后创建《法国二十世纪文学丛书》时，我又把罗新璋与金志平二位列为副主编，当时自己的小算盘就是拉上两个老同学，以壮大声势，显示我并不势单力薄。在实际工作中，我倒是做到了绝不以实务琐事相烦，但我始终奉行着一人专制的既定政策，跟他们不讲民主，这就有点对不起、有点不地道了。这两个项目，在当时显然是前途未卜，说不定还有一定的风险，他们两位，金志平以好好先生的宽宏大量，给了我面子。罗新璋则以他一贯的慷慨大方，潇洒成性，把他的大名借给我随意使用，实际上对我都是莫大的支持。

仁者寿。且看这两位八十老人，生命状态如此之好，而且，他们都有独方秘诀，罗新璋是照吃巧克力不误，金志平一反生命在于运动的常理，以静居为上，绝不轻易出户。看来，他们活满一百岁是没有问题的。这就算是我们今天的火锅祝愿吧。

2016 年 1 月 11 日

交往信函与短札

1. 致刘再复二函

之一

再复兄：

收到了小攀君发来的尊稿《两度人生》，不胜欣喜，当即拜读，已深感此书的分量与价值，不仅要谢谢您交稿了，而且更要谢谢您在其中又给中国文化学术界贡献了一份精神财富——《我的写作史》。

对文化积累的献身精神，对家国、对人民的赤子之心，纯思想者、纯学者的人格风度，令人感喟的境况，厚实的内涵，开阔的视野，丰富的学识，准确老到的文笔，无不尽在书中，我即使只来得及粗读一遍，已感到受益匪浅，对我自己是一次提升。

不论是作为读者，还是作为《当代思想者自述文丛》的门房，我会很明确地向出版社提出这样的意见与要求："全文照发，一字不改。"当然，出版社自有其三审制，这是他们的职权，也是他们的职责，我这个门房是无权过问的。

在匆匆拜读后的第一时间，先致此信，以释吾兄远念。

专此即祝

文安

2016 年 1 月 30 日

之二

再复兄：

顷接来信，您过奖了，这都是我应该做的，能为诸公张罗张罗，是我的荣幸，但愿自己能把这个门房当好。

前几天，小攀君向我通报尊稿情况时，我曾建议把《我的写作史》排在最前，昨天看到书稿后，倒是觉得他原来把《两度人生》的问答，放在最前似乎更顺理成章，呈现出从成长成熟到著书立说的人生历程。因此，我在昨天晚上和他通话时，又同意了他原来的编排次序，可否？仍请吾兄定夺。

发给我的书稿上，原署名为："刘再复讲述，吴小攀编选"，想必您已过目，我只建议改一个字：把"讲述"改为"著述"。

小攀君问我，此书是否需要序或跋。我的意见是，此事全由您自己决定，您愿意写就要，您不想写就不要。

至于整个文丛，出版社的确是要我写一个总序，我把此事大大地简化了，我只从我过去的散文中截取了一段二三百字的文字，对思想者的形象、状态与命运作一意象化的呈现，权且当作代总序。

兹将这段话作为附件发来，请指正。

根据《当代思想者自述文丛》的统一规格，还要有一小篇作者简介，不超过三百字，另需要提供作者的标准照一张，以及与本文内容有关的图片若干张，多则二三十张，少则十几张均可。作者简介与照片都不用寄发给我，将来请小攀君直接与河南社的责编打交道就行了。

预祝大作二十卷顺利出版问世。《两度人生》拟收入文集，我个人完全支持，但河南文艺出版社可能会在意他们是组稿者与首发者。我想两全其美的办法是，您将《两度人生》收入二十卷文集时，略作一两句说明，大意是：此书原为河南文艺出版社的《当代思想者自述文丛》而作。

春节将至，特此拜个早年！

2016年1月31日

2. 致钟叔河[1]

叔河先生：

惠书及大作收到了，非常感谢。

先生学识渊博，学养丰厚，鸣九开卷有益，不胜钦佩。

《本色文丛》本当尊重先生的意向，知趣而退，惟先生自谦过甚，顾虑多余，自设心篱，于《本色文丛》、于文化读书界皆为一憾事，鸣九不得不再冒昧进言。

以中国之大，人口之多，读者之众，需要量之大，名家多选集，早已成常态常规，自然合理，未尝不是文化供销两旺之一景。先生乃知性散文一大家，三五个选本，即使六七个选本何多之有？《本色文丛》致力于弘扬学者散文、知性散文，以在人文滑落、物欲横流之中守望本色自我，如先生缺席，实为《本色文丛》一大憾事，且《本色文丛》篇幅不大，小开本精装书，作为先生的另一种选本，定将令人耳目一新。

先生写有大量散文随笔，精选出 12—15 万字，实游刃有余，编选结果则可望一钟氏范文集问世。如编选的角度、编选的范围有自己的特色，文集定有其精彩与魅力，得此钟氏精选，于

1　这是一封为《本色文丛》争取稿件的信件，叔河先生收到此信后，慨然赐书稿一部《一片、两片、三四片》，此稿将在《本色文丛》第四辑中出版。

《本色文丛》、于读书界皆为一大幸事。

鸣九不才，再次诚邀先生光临《本色文丛》，先生可以无《本色文丛》，《本色文丛》不可以缺先生，望先生权且将此事当一公益赞助善事对待，慨然赐稿为感。

专此即祝

秋安

2015 年 9 月 30 日

3. 致金圣华

金圣华教授：

您好！

前力图通过短信与先生取得联系，均未成功，顷接惠书，不胜欣喜！

生平与先生虽仅一面之缘，然神交已久，犹记曾拜读大作《译道行》，获益良多，近又见写林青霞文，清雅传神，叹为妙笔丹青。

鸣九不才，文集多卷，实为速朽之物也，承深圳海天出版，已有受宠若惊之感，现今被高调推向香港，则更有当之有愧、临场献丑的尴尬矣！先生与香港文化界高朋知我谅我为感。

闻先生与香港文化界朋友将光临海天首发式，深为感动，倍感荣幸，本当前来当面聆教，然被帕金森氏收归门下多年，如今举步维艰，实难远行，幸有老同学老同事罗大译家新璋先生慨然应允代步，特请他转达我对香港文化学术界诸公的谢意与敬意！

遵嘱将《文集》的有关资料发来，敬请指教，先生的老友许钧教授已有大作一篇，一并发来，供先生一阅。

专此即祝

夏安

2015 年 7 月 7 日于北京

4. 致施康强二函

之一

康强先生：

惠书收悉，谢谢！

足下妙译《都兰趣话》，捆绑于“专有出版权”绳索之中，寸步难行，不能诙谐自如，实令人惋惜。君为人清雅，洁身自好，与世不争，无意与出版社协商，他人自当格外尊重，不在话下，请放心。“巴尔扎克系列”将于明年夏秋问世，尚在尊译忌期之内，当然得让此一趟“系列”车无“趣”开走了事。

目前又另有一际遇，河南文艺出版社的《外国文学经典》丛书正在安排2015—2016年出版计划，求佳品若渴，此社待译者实诚忠厚，书籍印制亦甚精美，名译如新璋君《红与黑》、武能君《少年维特的烦恼》等均已入座该丛书。足下如感兴趣，可预签一约，以免将来排队后延，亦因老朽来日有限，凡事宜“只争朝夕”、提前安排。足下只需在合同上注明：“2015年6月以前版权他属，不宜出版”即可，我亦可在合同上加批注强调“2015年6月”此一红线，有译者与主编的“双叮嘱”，河南社决不会越线提前盲动，何况，在此之前，他们只来得及消化过去签约的相当一大批名著。

合同格式，请见附件。

足下如对此不感兴趣，即可一笑置之，不必作答。

专此即祝

译安

2013年12月4日

之二

康强先生：

七日的电子信收到了，我不会玩电脑，尊稿所需秦淮河风光配图，没想到可以以足下所说的方式解决，所幸家里有一个贤惠的晚辈，即我在拙文《送行》中所记述的农民工夫妇之一，她是我家的电脑秘书，她已下载了若干幅秦淮河风景图，并刻成光盘，我将与尊稿一并寄交出版社，请放心。兹发过来，供足下过目。

大作《秦淮河里的船》，大译《都兰趣话》均为佳品妙作，出版合作，实属应该，且为双赢互利，根本不存在施惠受惠的问题，老朽玉成其事之心的确有，提携二字不敢当，与君前后同窗，在同一条道上行走，也是一种缘分，能与学界诸多出色才俊合作有成，我从来都视为幸事。

此船仅标志足下散文之旅的一段行程，前方风景尚大有可看，施君正如午后一两点钟的太阳，光照灿烂，以散文译品双璧，才情卓著，言收摊、洗手为时太早，如挂笔退隐，当今文化界之损、之憾也。

至于拙《文集》，虽多少反映了一点历史面影，终将易朽，足下以大字眼 Couronnement 形容，万万不可，实受之有愧，无地自容，承足下宽厚嘉言，心领了。多谢了。

专此即祝

夏安

2015 年 6 月 8 日

5. 致谢冕

谢冕兄：

先哲有言，山不到穆罕默德这边来，穆罕默德就到山那边去，面对谢兄书稿自重如山，鸣九且以先哲智慧行事，特此奉告，请放心。

此事了结，可谓双赢，谢兄赢在“我自岿然不动”，鸣九亦赢，赢在变通有方，成事为上。合作成功，即为双赢；不欢而散，则为双输矣。如今赢而未输，《当代思想者自述文丛》之幸也。

专此即祝

秋安

2015 年 9 月 26 日

6. 致陈众议

众议先生：

《所以集》文稿收到了，已读了若干篇，文笔灵动而老到，内涵知性盎然，且颇有新意，是学者散文之佳品，正合《本色文丛》之需，谢谢合作。

足下文章功力、业绩分量，皆远非当年所能比，故不能按足下多次自谦要求，仍以当年“小陈”相称，今非昔比，“一切以时间、地点、条件为转移”，现今学界礼数当不能少也。

祝新年好！

2015 年 1 月 2 日

7. 致胡小跃

小跃先生：

看到了胡小跃工作室挂牌的正式报道，特此致以热烈的祝贺，我不经常看报刊，消息是很迟才得知的，迟到的祝贺，也算是祝贺！

出版人、编辑家最好是学者、专家，但在一般的情况下，这种理念很难完全实现，海天成立胡小跃工作室，突破常规惯性，实为有创造性的举措。

足下本人就是翻译家、学者，已经在这个领域取得了骄人的成绩，胡小跃工作室，可谓水到渠成，令人钦佩，工作有了更大的余地空间，更可大展才华，更能心想事成，创造业绩。

寄赠的《左岸译丛》四种收到了，第一印象是印制精美，赏心悦目。特别值得赞赏的是，作品题材新颖，令人耳目一新，真正展现出了文化巴黎的风貌与掌故。显然，《译丛》的选题，凝聚了室主的劳动，它的原创性特别可贵，这是编选者、出版人文化视野的标志，是专业力道的所在。

在贵室的工作中，我特别赞赏的还有一项，即你们即将推出的《小王子》译本的设计与构想。在《小王子》译本多达数十种之多的情况下，要使自家的产品在文化读书界受到关注，得到赞赏，简直是难如上青天，而现在看来，其他出版社译本的长项，如有的译本有中法英三种文字对照，等等，你们的译本也都不缺，而你们所具有的特色与长项，却是其他出版社所不具有的。当然，译本的优劣在很大程度上取决于译文的质量，在当今译林如春秋战国一般的情势下，我不想卷入纷争，我只想说，只要是出自严肃认真的专业人士之手，每个不同的译本都会有自己的特点与长处，都有各自不同的翻译理念，也必然会提供各自独特的体会与经验。同样，十全十美，毫无瑕疵，当得起所有“最”字级评语的译本，在世界上恐怕也是没有的，因为，比起电影制作而言，文学翻译，更是一门“遗憾的艺术”。我不主张对译本采取谁打三分谁打四分的简单做法，谁打四点一分谁打四点三分，更不是真正有学养、有专业水平的人士所采取的办法。至于那种自以为是、语言武断、口出粗话甚至流于恶搞的“译评”“吧贴”，那就更不是严肃的负责任的文化行为。万类霜天竞自由，还是让不同的译本，在一个十几亿人口大国的广大空间里，任读者选择，任读者取舍吧！

贵社译本所具有、而为其他版本所不具有的特色，则很明显，至少有这么两个：其一，作者的原插图仍供奉在法文文本之中，中文文本的插图，则由一个华裔小女孩绘制，而这个仅十一二岁的小女孩正好是这个译者的小孙女，且绘制水平并非“涂鸦之作”，这样一个凑巧的组合，恐怕世上只有此例，个中的童趣、故事与人文内涵就多有一层看头了。其二，令人感到惊喜的是，在你们推出《小王子》译本的同时，还一并出版了原书作者夫人的回忆录《玫瑰的回忆》，中国读者知道这本书的人不多，这次配搭起来出版，能使广大的读者扩大认知范围，不仅有助于读者对《小王子》和他的小玫瑰花的遐想，而且，把对《小王子》的阅读提升到文史求知的高度，提升到文化思考与文学思考的高度。这实在是一个奇思妙想，真可谓是“特别出彩的一笔”。要出此手笔，如果不是学者、翻译家，就没有这种见识，就不可能有此知识准备与资源，如果自己不是有眼光有水平的出版家，就不可能如此得心应手，构设出这样一种有多重文化意义、有多方别开生面的文化产品。学者、翻译家与出版家三种才能、三种身份，在此举中水乳交融，浑然一体。如此设计精巧的文化产品，在目前物质利益至上，浮躁作风成习的出版界，实为难见，这件事体现出了制作者的意境与水平，素质与能力，老朽不是在讲恭维话，而是衷心地深感钦佩！特致祝贺！因为过去我在主编著名的《F·20丛书》时，在作家作品的搭配与构设上，我自己也未能做到这个份上。

这些年来，我对人文热忱，人文善举，经常有唱赞歌的冲动与习惯，面对着足下的作为，我不免多啰唆了几句。

祝编安

2016年6月24日

8. 致韩慧强

慧强先生：

顷接电函，不胜欣喜！

首先热烈祝贺“大道行思”正式挂牌亮相，此名号集大气、正气、雅气于一体，尽显堂皇、儒雅与文采，更与海天相连，空间更为辽阔，且编撰高手汇集，定将欣欣向荣，昌盛发达。

拙文集得一古雅名《文墨一甲子》，喜出望外，欣然同意，惜未收入一甲子代表性文字，多为老年期的“剩文余墨”，建议改为《文墨后甲子》或为《后甲子余墨》，以避有夸大容积之嫌。

有关本集文字内容，兹稍作说明，我生来就是“精神苦力”的命，耄耋之年亦无福享用清闲之乐，心为形役，仍然这个项目那个项目压身，相关事务纷繁，每日净在书斋过枯燥干涩的日子，不外是写书、译书、编书、做书，既无遨游山川美景之乐，亦无花草鱼虫观赏之趣，即使是世事交往，友情应答，往往也没离开编书、做书、赠书之类的纷繁琐事，甚至是俗务，偶尔所写带那么一点散文随笔性质的文字，亦均在上述枯涩书斋生活方圆半径十来步促狭范围之内。无琴棋书画之雅，与五光十色、色彩缤纷的生活更不沾边，离足下供职于“博雅文丛”时所崇尚的散文随笔理想境界，诸如“或谈古论今，或畅述乡土市井、校园风物时尚”之丰富多彩，“或从性灵中撷取闪光……披沙拣金，集腋成裘”的灵秀隽永，均相距十万八千里。单调贫乏的生活必产单调贫乏的文字。文如其人。我这点可怜的散文随笔，往往离不开书架与书柜几步之遥。特别是时光流逝，年老体衰，帕金森氏对老朽腿脚下手更狠，活动范围日渐缩小，渐至方圆一二百米之内。余墨之干枯可想而知，幸亏散文这位文体君王胸怀宽广，气度博大，所辖领地宽阔无边，势力范围更难估量其大，故慈悲为怀，也容我这一点可怜的小文字有一席栖身之地，然而捉襟见肘之尴尬，我自知之也。

韩君视野宽阔，目光精到，老朽承青睐有加，深感荣幸，又承“卓尔文库·大家文丛”约稿《后甲子余墨》，不胜感谢。在此，特通过足下，向掏钱购此书一阅的读者表示感恩。他们就是我的上帝。

专此即祝

编安

2016年6月3日

9. 致一副刊编辑

编辑先生：

足下所编辑的多期副刊中，不止一次刊载了周克希先生的关于翻译的文章，令人瞩目，我几乎每文必读，文章都写得很好，言之有物，有见解、有深度。克希先生的翻译业绩堪称丰硕，他这些总结与见解当然也很宝贵。足下能组织、刊载这样的系列佳文，彰显出了令人钦佩的文化见识与精到眼光。

克希先生与我神交已久，相知相识多年，亦曾有友好的合作与文字来往，虽一直未曾谋面，但堪称同行好友。我有幸与文化界才俊之士、高朋挚友合作而从未谋面者实为不少，克希先生仅为其中之一。他的谦和与儒雅一直是我念念不忘的。很不应该的是拙文《京城有个中法同文书舍》中，竟然把他的名字疏漏掉了，实为老朽昏庸之过也，当时，列举本学界有成就者、有贡献者的名单时，盲目自信尚未老年痴呆，仅凭实已严重衰退的记忆力仓促下笔，至有此失。

但愿拙文尚未上版，麻烦编辑先生替我把克希先生的大名补上，名单排序在中国是一个很有讲究的学问，我在此文中的排序上实在是毫无讲究，大致上只是按老、中、青三代的次序，克希先生基本上属于中年一代，可排在名单次序的中间部位。

如果拙文已经上版，来不及补上了，那我只好请编辑先生向克希先生转达我的歉意，现唯一可稍作弥补的实诚办法是：麻烦编辑先生把我这封信转发给他，谢谢。

专此即祝

编安

2016 年 4 月 4 日

10. 致冯姚平

冯姚平先生：

您好！

尊著《给我狭窄的心一个大的宇宙——冯至画传》，收到了，十分感谢。

此书资料珍贵，印制精美，是一本很有文史价值的书。姚平先生是理工科的专家，文笔如此洗练优秀，家学渊源深厚，令人钦佩。

冯至先生是我最尊敬的师长之一，虽然我算不上是他的好学生，但他确是我的好老师。我称他为恩师是由衷之言，因为，我大半辈子都是在他的领导、关怀、支持、宽容之下成长、工作的，我所做的正事几乎都是跟他分不开的。

这次纪念冯至先生的盛会召开之前不久，拙《文集》正好出版，饮水思源，我怀着感恩之情写了那篇发言稿。由于我患帕金森病已多年，远行不便，未能参加盛会，很对不起恩师，特此再致歉意！

因得知与会的专家、学者以及真正的嫡传弟子很多，故要求主持方中国现代文学馆负责人千万不要让我那篇发言占用盛会的宝贵时间。该发言稿后来在上海发表了，只是我原来的标题被改了。

我在意识形态领域，很长时期一直是个有争议的人物，多蒙冯至先生宽容、谅解、关怀、支持、帮助，此德此恩，永志难忘。只是我自己颇有局限性，见识肤浅，对冯先生的理解定有不全不准之处，请姚平先生包涵见谅。

祝全家新年健康安泰，万事如意！

2015年12月25日

赠书题辞背面的交谊

1. 赠钱林森先生《为什么要萨特》卷题辞

伯牙子期有高山流水美誉，

鸣九与林森兄曾作萨特长谈，

君子之交淡如水，

仅此一席话，足以为友情交往添彩矣！

柳鸣九

2016年2月25日

（2005年恰逢萨特诞生一百周年，钱林森先生作为《跨文化对话》的执行主编，专程对我进行了访问，我将答词整理为文《萨特中国之旅的思想文化意义》发表于该刊，为上世纪80年代中国一公共事件“萨特热”画了一句号。此刊乃国内中外比较文化研究的权威刊物，如今出版已逾百期，郁郁葱葱，蔚然成林矣。该文近又收入15卷本《柳鸣九文集》第3卷，作为友情交谊的记录。）

2. 赠沈志明先生《柳鸣九文集》（15卷）题辞

之一：《巴黎散记》卷题辞

莫愁前路无知己，天下何人不识君。

志明兄富有外交才华，朋友遍巴黎，于中法文化交流大有贡献，亦惠及于我，特录唐诗名句奉赠，致谢致敬！

柳鸣九

2015年9月

（犹记我上世纪80年代之初访法时，沈兄已于70年代末赴巴黎攻读博士学位。他法兰西语言娴熟、法兰西文化学识广博、为人通达、富有外交才华，很快就融入法国文化界主流社会，尤其在巴黎学术领域，人脉甚广。有此优越条件，自然对中法文化交流大有贡献，国内文化单位、学术团体的访法人士，均受惠得益甚多，我亦不例外。两次访法，多承他协助帮忙，如得访西蒙娜·德波伏瓦，结识皮埃尔·加斯卡尔、格勒尼埃与塞利纳遗孀，以及引路导行、联络沟通、搭伙蹭饭等等事务，我能在巴黎一宁静的市区租到条件优越的住宅，亦得他之助。我两次巴黎之行，多处均有他的身影，饮水思源，感念难忘。）

之二：最后一卷题辞

分手脱相赠，平生一片心。

耄耋之年，与志明兄终有一别，录唐诗二句奉赠

柳鸣九

2015年9月5日于飞天大厦

（我与志明先生相交近四十年，期间有很多次合作，我所主编的几个重要项目：如《F·20丛书》《法国现当代文学研究资料丛刊》《外国文学名家精选书系》《加缪全集》等等，都请他承担了重要任务，几乎无一项目不见他的踪影。在这些项目中，他也结出了自己的硕果，如他的大译：塞利纳的《茫茫黑夜漫游》、普鲁斯特的《寻找失去的时间》（精华本）、加斯卡尔的《死亡的时代》、加缪的《西西弗神话》，他的权威选本《阿拉贡研究》《萨特精选集》等等，等等，我们的交往要算是内涵丰富实在的交往了。从上世纪80年代，他基本上一直旅居法国，巴黎北京两地合作，自然多一层困难，尚能如此卓有成效，实令人欣慰。

虽然相距万里，他往往身负商务与文化双重要务，经常来往于北京与巴黎之间，而每次到京，他都要请本学界的几位老朋友搓一顿，他慷慨大方，无一次不坚持由他做东买单，参加者几乎固定老是那么几个人，罗新璋、施康强、丁世忠与我。

这已成一个时期的常态与习惯，其相聚见面的频率反倒比同住在北京的同行同道为多。我等相聚，不外是搓与聊，偶有新出版的著译互赠，在布衣的清淡人生中，确为一乐事。

随着年岁已高，体力渐衰，上述小圈子之聚日渐稀少了，我不免有“见一次就少一次”“能见一次就算一次”的感慨。风烛残年，人有旦夕，说不定哪次相聚即成友情交往之绝响。

适逢2015年9月，拙文集15卷首发式在北京飞天大厦举行，我有一百个理由应馈赠志明兄一套以就教，世事难料，此时此地这么一件事，说不定就是“最后的晚餐”，赠书题辞中难免不有此潜台词也。）

3. 赠许钧先生《柳鸣九文集》（15 卷）题辞

之一：

吾敬许夫子，译道天下闻。

许钧先生雅正

之二：

会当凌绝顶，一览众山小。

录名诗与许君共勉

之三：

与君同道同行，合作有成，可谓志同道合。

许钧先生雅正

之四：

纵然一夜风吹去，只在芦花浅水边。

悟世事有感，录唐诗名句与许钧先生共赏

柳鸣九

2015 年 9 月于北京

（我比许君痴长二十岁，但我几乎从来都把他当同辈朋友视之，因为从很早相识之初起，他虽血气方刚，锐气十足，但名师高材，学业优秀，成熟稳健，行事有方，稳步前行，在学术道路上行程可圈可点，我早就在内心叹曰：此子不可小觑，将来必大有可为，其前程未可限量也。

四十年过去了，果然。我深得意于自己识人之准确。

如今，他不仅早已是名牌大学的名教授、全国高校系统法语与法国文学教学举足轻重的教育家，而且是有丰硕劳绩的翻译家、有巨大影响的翻译理论家，也是高水平的评论家，他能翻译、能执教鞭、亦能为文作评，作为一个学者名流，是个全才型的人物。

他桃李满天下，高足遍布中国各名牌大学与重要研究出版机构。他所组织的大型翻译项目与研究的项目，分量厚重，影响深远。如主编《杜拉斯全集》，主持傅雷研究重大课题等等。既为一个学者，学业专深，业绩厚实，作为一个学术活动家，则有学术活力与深厚潜能、有胸襟、有眼光、有见识、有高度的组织能力、有亲和力。两者品格兼备，可谓是领军人物型的学者，而且是有雄才大略、大将风度的领军者。

我很欣赏他身上这些特质，我给他的赠书题辞，仅反映了我对他身上若干特质的赞赏。对于拥有这种特质的人，我一向都很欣赏、很重视、很钦佩，说句倚老卖老的话，就算是爱才吧，说句攀交的话，则是惺惺相惜了。而他，作为一个公共的学术人物，特别可贵的是，待人诚恳、善于团结人、有凝聚力、有“本学界同仁皆兄弟也”的胸怀，而无学术江湖中左冷禅、岳不群式的霸气与锋利，是可以团结共事的好伙伴。

我从来都以与他同行同道为快事，也与他进行过多次扎扎实实的合作。我主编二十卷《雨果文集》时，他是其中翻译的主力之一，献出了一本难度较大的长篇译作《海上劳工》，其中雨果涉及海洋学内容的描述，要对付下来就很不容易；我在主编《法国二十世纪文学丛书》时，也请他承担了两部重头作品的翻译，即西蒙娜·德波伏瓦的《名士风流》和勒克莱齐奥的《诉讼笔录》。对于前一部作品，按照他的翻译理念，书名他原来译得更为忠实贴切，我却按我粗浅的翻译理解，做了一点灵活的、有点游离化的处理，他以兼容并蓄的风度接受了，我很感谢他这种合作宽容精神。如今这三部译品已经成为了译界的名译。

我与他地处南北，相距两千里，合作大受地域的限制，他曾多次诚邀我赴南大参加学术活动，都由于我这方面的原因，而未能成行。在我耄耋之年、退出学术江湖之日，如果有什么憾事的话，那其中主要的一件，就是与许钧先生的合作远远不够，未能尽兴。)

4. 赠李辉先生《名士风流》卷的题辞

我关注“翰林院”，君回溯“二流堂”

殊途同归，共趋中华人文精神

柳鸣九

2015年7月

（李辉先生乃文坛青年才俊，硕果累累，其中关于二流堂诸多文字令人印象深刻，已自成一家。我主编《本色文丛》，恰逢第三辑组稿，忽生一念，何不请李君就有关此题提供一专题散文集，二流堂流芳中国现代文化史，有异香扑鼻。

俗话有言：“舍不得孩子套不着狼”，且赠《名士风流》一卷，即《翰林院内外》（一）、（二）合集，以抛砖引玉，邀约佳作。果然，《本色文丛》第三辑如愿喜得李君书稿《风雨二流堂》，即今更名面世的《风景已远去》）。

5. 赠中法同文书舍《柳鸣九文集》（15卷）题辞

朱穆君献身民生要业，精神守望人文，尤钟情法兰西文化。

苦心收藏，已蔚然成馆，真法兰西文学之友也。

拙《文集》易朽如一叶芦苇，承朱君厚爱，实为老朽治学生涯中一幸事，十五卷得入贵府中法同文书舍，远避风雨吹打，日晒夜淋，颇有刘备白帝城托孤诸葛孔明之感矣！

柳鸣九帕金森氏手书于2015年9月

（朱穆先生以搜集法国文学研究论著与翻译作品为志，建有中法同文书舍，藏书已达三万册。即使他不索赠，我也理应捐赠一套，何况，海天出版社在京举办《柳鸣九文集》（15卷）首发式与座谈会时，他帮了大忙，作了大贡献，整个会议的全部照片都是他拍摄的，给那次聚会的场景留下了生动的记录，给到会出席的大师名家、学界才俊的风采留下了鲜活的影像，我作为当事人，应该特别感谢他。

中法同文书舍所搜集的法国文学论著与翻译，最早者为光绪年间的译本，最近者为当今出版的新作，好几代从事这个行当的学人，其成果都汇集于此，珍藏于此，形成了几代人济济一堂、高朋满座的盛况，论著、译品得以存放书舍，作译者之幸也，书本之幸也。

巴黎有个美妙的去处，名拉雪兹神父陵园，那里安息着法国历史上虽然并非全部，但也几乎是大部分的文化名人，不妨想象，每逢清风明月之夜，那些不同时代的文化精灵，走出自己的府邸，三三五五散落在陵园广阔的空地上，那该是多么奇妙的景象……

同文书舍也聚集了法国文学译介领域好几代人心智结晶，对于先行者前辈而言，这里有如拉雪兹神父陵园，对于仍健在的退隐老者而言，这里像养老院，对于当今充满活力的青年才俊而言，这里则是聚义厅。书得其所，人得其所。朱穆君的同文书舍，功德无量。我把拙著拙译往这儿一放，颇像刘玄德把阿斗往诸葛亮手里一交，就三个字：放心了。）

6. 赠热心读者王新川先生多种著译的题辞

之一：

文化发展，即精神产品之积累；文化工作，就是添砖加瓦。作为一个砖瓦匠，衷心感谢酷爱文化的热心读者朋友王新川先生多年来对拙著的厚爱。

柳鸣九

2015 年 11 月

之二：赠王新川先生《局外人》多种中译本的题辞

读者就是我的上帝！

拙译不同版本，承王新川先生收集，

感谢！感动！感念！

柳鸣九

八十二岁老翁于北京

之三：赠王新川先生中译本《卡尔曼情变断魂录》题辞

六篇名[1]仿林琴南体，藏书雅士王新川先生一笑。

柳鸣九

2016年6月

之四：赠王新川先生中译本《高龙芭智导复仇局》题辞

海内存知己，天涯若比邻。

赠热心诚挚的读者好友王新川先生

柳鸣九

2016年6月

（我的热心读者为数甚多，在我的心目中，热心读者是那一类多方收集我的论著与译本以至选本，而带有系统收藏性质的读者，与只看过我某一两本书或厚爱我某一两本书的一般读者有所不同，与偶尔寄来一两本书要我题辞签名，以保存签名本的读者也有所不同。但不论是哪一类读者，我对他们的题辞签

1 拙译《卡尔曼情变断魂录》，一书共收六篇小说，其实就是梅里美短篇小说精选。六篇名译为：
《卡尔曼情变断魂录》《达芒戈海上喋血记》《马铁奥仗义斩子》《费德里哥得道升天》《一赌失足千古恨》《维纳斯艳惊伊尔城》。

名要求，都有求必应，额外多赠几本书给他们也是经常有的事。但我有一个很对不起他们的地方，那就是对他们的来信，我从来都不写信作答，因为原因很简单，这类的信不少，我实在是答不过来。分内的事情本来就很繁重，我又是一个举轻若重的人，因此，每天的日子都是在超负荷地运转，实不得已，回读者信这一项，也就主动给自己减免掉了，一视同仁，无一例外。我倒挺能自我谅解的，总觉得，对读者的谢意，已经体现在赠书、题辞与签名上，这就是很到位、也是很理想的神交之谊了。我和读者的关系大体就是如此。

王新川先生是我的一位热心读者，而且，要算是很热情的一位，他收集我的书籍很用心，很费心，看来也费了不少力气。他收集的比较广泛，我主要的论著与译本以至某些选本，他似乎收集得相当齐全了。这两年，他又更进了一步。他不满足于某个出版社的版本，而扩大为不同出版社的不同版本，甚至同一个出版社的同一个版本他也收藏了不止一册。有的书他也不满足于收集一本或一套，而是收藏了多册或不止一套。这里有两个例子：一是上海译文出版社出版的柳译《局外人》，二是深圳海天出版社出版的《柳鸣九文集》(15卷)。

关于《局外人》：七八年前，我与上海译文出版社签了出版《加缪全集》的合同，上译社趁东风就其中几个俏销作品，与有关的译者签了单本出版的合同，如我译的《局外人》，沈志明译的《西西弗斯神话》，刘方译的《鼠疫》以及李玉民译的戏剧作品。全集与单个作品上市后是两种商品，合同也签了两份，理应有两份不同的稿费，但出版社大而化之，只发给了全集的基本稿费，单本书的基本稿费，则完全被简化掉了。也就是说一份稿费支付了两个用途，完成了两个义务。不过，这几个译本，来到上译社倒的确是物得其所，上译社把它们做得十分精致漂亮，把柳译《局外人》列入了上译社的王牌项目："译文经典"，印制装帧都十分讲究，堪称艺术品。而在这个"译文经典"本《局外人》之外，上译社又把柳译《局外人》另外做了一个装帧不同的本子，印制得也很精致。这两个本子，在几年之内就加印了多次，其中的前一种加印了至少十次，两个本子的加印发行量已达到十万多册。这里得说一句公道话，上译在付印数稿酬方面，做得倒是一丝不苟，每次《局外人》译本加印几千册，我总能分到一小勺"印数稿酬糖水"。每次大概是百把块钱、一两百块钱。作为译者，我是"利益攸关方"，对他们印了多少次，加印了多少册，我是有所注意的。当然，每次注意的结果都是心理不平衡，但一看到这两个本子印制得如此精美，我在心理上又得到了补偿，我信奉布莱希特那句名言："一切归善于对待的。"因此，我也从来没对上译社的稿费简化政策提出过异议。

新川先生对柳译《局外人》的热心与关注，给了我深刻的印象，他不仅藏有柳译《局外人》的浙江出版社版本，上海文艺出版社的"企鹅经典"版本，而且上译社两种装帧不同的本子他也都藏有，特别是对上译社两个本子的每次加印，他也有所注意。他几乎在每加印一次的时候，都购置一本让我签名，可见他对这两个本子的钟爱几乎和我一样。这一点使我很有感触，有读者对这样一个译本如此钟爱，这就值了！还计较什么劳什子稿费干什么？

第二件特别使我感动的事是，去年《柳鸣九文集》(15卷)出版的时候，他一个人竟然买了两三整套，要知道，每一套一千五百多块钱呢，在当今社会里，要一个人掏出几千块钱买两三套书，这是一份怎样的慷慨，这是一份怎样的热情，这是一份怎样的超功利雅趣！因此，我在心目中，一直把这位王新川先生，不仅视为热心读者，而且视为藏书家、视为人文雅士、视为品位高尚的人，视为神交已久的朋友，虽然他不止一次热情洋溢的来信，我都一视同仁地从未作答。

我经常想，这位王新川先生，既非财主也非巨富，看来也就是一个工薪阶层，在当今人文精神下滑、功利主义张扬、人心浮躁、趣味低俗化的环境中，如果多有一些王新川式的爱书者、爱文化者、爱人文书架者，那么我们社会的文化气氛恐怕会大不一样，会清雅得多，纯净得多。从这个意义上来说，王新川式的社会群体要算是社会文化积累的坚定基础，是社会文化精神构建的脊梁。)

7. 赠热心读者刘中蔚先生书题辞

之一：赠《梅里美小说精华》与《名士风流》各一种题辞

三十一岁英年，两耳失聪，令人同情，愿书籍给中蔚君在贝多芬式的与世隔绝状态中，带来若干愉悦，若干思考！

柳鸣九

2016年3月8日于北京

之二：赠《小王子》与《最后一课》各一种题辞

中蔚先生书香传三代的愿望，值得赞赏，这就是文化传承，我且略尽赠书之绵薄。

柳鸣九

2016年3月8日于北京

（2016年3月8日，北京市降温，寒风凛冽，与朋友相聚后回家，传达室门房告我有邮包寄到，见邮包上陌生的姓名，我多少有不胜其烦的情绪油然而生，我经常收到这类陌生人寄来的邮包或信函，不是有这种事就是有那种事求我，每次处理都得花我一些时间。打开一看，果然又是一读者寄来我两个译本：《局外人》与《小王子》，要求签名寄回。我庆幸此君所托比较简单，马上提笔签名，想要立即了事。

忽见书中夹有一信，原来是这样一位读者写来的，他小时候见过他父亲钟爱过一本枣红色封面的书，上署有《萨特研究》几个大字，当时对其父为何痴迷此书，甚不理解，及至自己成年后读到了我编选的《马尔罗研究》等书，才有所感悟，并告我他双耳已失聪，阅读已成为他与外界沟通的重要渠道，现正在读《局外人》与《小王子》，并准备将来将《小王子》念给他孩子听，以达到“祖孙三代书香相传”的愿望……

一看此信，我深感此君与过去很多为留纪念而索取签名的读者颇不一样，当即从藏书柜里另取出五种，添加了进去，并写上了以上的题辞。）

杨武能的道路与贡献

五短身材，衣着讲究，多为西式休闲装，一看便是位西学人士，至少是位有西方文化情趣的人，讷于言，或者更准确说是相当寡言少语，出语谨慎，待人接物，态度谦和，老成持重，办起事来，内敛低调，不动声色，但从他面部微细的表情与颇有内涵的眼光来看，这绝对是个很有主见的人、想法颇多的人……

杨武能，从 1978 年他当研究生时我认识他开始到现今，他在我心目中的形貌一直便是这个样子，只不过，在这形貌外表之下，实在内涵却有了绝大的变化、有了巨大的发展。

“十年浩劫”之后，中国社会科学院在胡乔木、邓力群的主持之下，创办了研究生院，并率先于 1978 年招收了第一批研究生，因系国内首创之举，又以天字第一号意识形态机构的名声与优势地位，此次招生吸引了国内大批社会科学与人文科学中的青年才俊。他们都在文化大革命前就完成了大学学业，并在文教领域里已经有了好几年工作的经验，但一直怀有继续深造、欲在学术文化上更有一番大作为的志向，社科院就像磁石一样把他们吸引了过来，他们之中的精英与尖子几被一网打尽，由于其老大学毕业生的资格，更由于其资质与成色确实较高，在社科院被统称为“黄埔一期”，事实上，日后从他们之中确也涌现出不少学界的名家名士，武能即是其中的一位佼佼者。

那时，武能所在的研究生院外国文学系，其实就是社会科学院的外国文学研究所，不论是研究所还是外国文学系，其学术首脑都是冯至先生，研究所少数几个已作了多年研究工作的中年业务骨干，也荣幸地兼任硕士导师，本人亦为其中之一。既然同在一个研究生工作系统之内，我与武能也就多多少少有了数面之缘，不过，他与我不是一个专业，实际上并没有什么联系，只是在 1978 年秋，我受所长冯至之命，要到即将召开的全国外国文学工作会议上就 20 世纪西方现当代文学作一重点发言，我决定在这个发言中对统治了我国外国文学工作已有数十年之久的苏式意识形态日丹诺夫论断揭竿而起，发起一次大规模批驳，为慎重其事，我在赴会宣讲之前，先作了一次实战演习，对外国文学系英、德、法三个专业数十名研究生作了一个题为“20 世纪西方现当代文学重新评价问题”的学术报告，当时我想，如果在眼前这批研究生中引不起共鸣，那么到大会上去宣讲其结果肯定不妙。幸好，如我所估计的那样，研究生们给了我首肯的反应，报告后，他们至少有几位上前表示赞赏与认同，如果我没有记错的话，其中就有武能，仅就这一点，就足以构成我们之间友谊的基础，虽然从他当研究生的时代起一直到他成为一个大译家，我跟他的交往实在甚少，但我很早就认定我与他可算是一个同声相应的同路人。特别是在后来，我因为《萨特研究》一书挨批，遇见了若干世态，有的遇我绕道而行，有的抓紧时机写文章表示革命的批判立场，有的以公允与中庸之术装点其左态，但当我与武能偶尔相遇时，至少从他面部读到的是理解与同情。

在进社科院当研究生以前，武能最主要的经历是从南京大学外语系德文专业毕业，而后在高校当助教。南京大学的德文专业也是国内德语文学教育的重镇，集中了这个学科中的元老教授如张威廉等，其水平与声誉几乎可以与名望正隆、拥有大名家冯至与田德望的北大德语系不相上下，而毕业后分配到高校当助教，一般也是高材生才能得到的待遇。他来到社科院当研究生，无疑是进行第二次锻造，同时也是面临着自己业务道路、文化形态、学术特色、精神人格的选择、形成、确立与定型，说得简单一点，就是面临着自我选择。那时，正是中国改革开放的初期，改革开放，对于个体的人来说，其实就是有了自我选择的空间与余地，几乎每个人都可以进行不同程度的自我选择，只不过，领域不同、层次不同而已。我个人仅仅是在 70 年代末、80 年代初，就萨特的评价问题大声疾呼过他的自我选择哲理而荣幸地被人们所记得，并得以与一代知识精英息息相通。其时也，刚进入研究生院的“黄埔一期”，当然也在忙于发现自我、选择自我、积攒自我，有的在开始向钱锺书式的通才、通学方向努力，有的志不仅在学者文凭，而且更在于文学创作实绩，以徐志摩、卞之琳、冯至为追随对象，有的崇尚社会理论的抽象思维，很可能是在以成为未来的启蒙思想家自勉，有的热爱文采飞扬的艺文评论，希望成为挥斥方遒的大批评家，有的则以文学翻译为其基石，心目里肯定有傅雷的影子，他们之中日后确涌现出不少卓著的人文才俊，如：黄梅、钱满素、赵一凡、裘小龙、赵毅衡、施康强、郭宏安、罗芃、吴岳添、章国锋等等，在中国上世纪末以后的文化学术舞台上均有可圈可点的出色表现。当然，也有人在忙于夸夸其谈，卖弄炫耀，跳来蹦去，似乎准备当下就成为令人倾倒的名士，终于碰得头破血流，落得潦倒异域了事……总之，在那个自我选择的新时期里，“黄埔一期”的每一个人皆尽显各自的禀能与勃勃生机，而杨武能的基调与特色，便是开始以文学翻译为根本，以谋发展，求成大器……

看来，文学翻译是杨武能由来已久的志趣。一般说来，外语系的高材生往往都很早就开始走上这条道路，这是自然而然的共律，当年北大西语系三年级的少年才俊罗新璋与傅雷通信论译道，便是一著名佳话。同样，杨武能早在大学期间，就已经是发表有译作的青年译家了，进了研究生院当然更步入新阶段，毕业后又继续留在北京工作，并多次出国进修，这一切既增加了学养，打开了文化视野，还有冯至、卞之琳等译界大家就在面前可以直接就教受益，又靠近《世界文学》与《译林》这样的楼台，而拓宽了发表译作的渠道，从此，他充分利用了这些条件，埋头苦干，执着努力，日积月累，翻译劳绩益增，到他结束“北京时期”被调回母校四川外国语学院任副院长时，他已经成为国内著名的德语文学翻译家了。特别不容易的是，在他仕途顺畅、已获高位之后，一旦感到因此倒影响了他的翻译宏图时，便毅然辞去了副院长职务而到四川大学去当一名教授、又专务起他的文学翻译来。年届七十，他已出版了多达十四卷的《杨武能译文集》，其中包括《浮士德》《少年维特的烦恼》《歌德谈话录》《格林童话全集》《海涅诗选》《茵梦湖》《魔山》等数十部经典文学名著，成为我国一位高产优质的翻译家。2000 年，他荣获联邦德国总统颁发的“国家功勋奖章”，2001 年又获联邦德国的终身学术成就奖洪堡奖金。

武能出身于研究生院，也作过不少理论研究与评论工作，并有好几部论著公行于世，如《歌德与中国》《走近歌德》《三叶集》与《德语文学大花园》等，有此一番劳绩，在中国学术文化界也并不多见，试看不少端坐在学术庙堂之上、行走于学术屏幕之前的仕途化的学者，有几个人有几部像样的论著？虽然他的理论研究成绩亦颇有可观，但比之于他的文学翻译，则是小巫见大巫，他的专长显然是翻译工作，他的劳绩主要是翻译作品，今天，如何衡量他的文学翻译成就呢？十四卷译文集，在现今译界、在中国翻译史上是个什么概念呢？在译界尚健在的翻译家中，有十几卷译文问世者，目前他是第一人，而在翻译史上，据我所知，似乎只有规模更为宏大的二十卷本《傅雷译文集》可居于其右。

如果武能的学术文化生涯从大学毕业的 1962 年算起，至今正好五十年，五十年创造出了这样厚重的业绩，实在是令人感佩。这样一份业绩当然是靠长期不懈的艰苦劳动才能创造出来的，是靠日积月累的爬格子爬出来的，他自己不止一次提到他的苦译，是的，精神劳动者的活的确苦，君不见巴尔扎克常自称为“精神劳役”，罗丹的思想者苦思冥想时全身肌肉是那么紧绷？要长期不懈坚持这种很艰辛的劳动，没有强大的精神力量的支撑是难以想象的。特别是遇见困境时，更是如此。如每遇思想政治气候变化时，他只能把已成的译品压在抽屉里，毫无出路，如在研究单位里遇上了“翻译作品不算科研成果”的清规戒律时，面临不同的规范要求，他不能不费神费力去进行选择调配。也许是歌德的名言“理论是灰色的，生命之树常青”影响了他的倾向与方向，而在数十年漫长的苦译岁月里，指引着他前行、激励着他奋进的，则肯定是自我文化大作为的志向、对人生高价值的自觉追求、对民族的社会文化积累的献身热情。他有自己的理念，有自己的抱负，有坚韧的毅力，于是，被视为阳光大道的仕途上少了一个五六品文化官员，而中国的文学翻译领域里有了一个劳绩厚重的巨匠。

在武能学术教育工作五十周年的时候，他的弟子们准备为他组织出版一个纪念文集，收入他师友同事的一些评说与回忆的文章，以及他的学生们的文章和他自己的自述，这无疑是一件很有意义的工作。展示了劳绩与成就，总结了道路，彰显出精神，的确是一种高雅的纪念方式、珍贵的纪念方式。

这种方式必须具备两个前提条件，一是被纪念者应该是真正劳绩卓著、价值非凡的人士，二是举办纪念活动的东家真正具有尊重人才、珍爱人才的伯乐精神。这两个前提缺一不可，方能成事。不具备前者，必然成为虚张声势、乱吹乱捧、劳民伤财的闹剧。缺了后者，则是千里马的寂寞与被冷落。非常难得的是，这本纪念集的这两个方面都到位达标，两者相得益彰，完美结合，堪称样板。

我与武能其实是同一辈人，我只痴长他四岁，仅仅因为他在研究生院时与我有数面之缘，后来我主编大型书系与作家专集时，曾和他有过几次愉快的合作，他一直谦虚地称我为老师或柳公，而且并不随着他自己地位的提高与业绩的增长而改口。说实话，我一直受之有愧。我知道，他谦谦君子的风度，正是他虚怀若谷品德的外现，就像钱锺书在给青年学子的信札中经常称兄道弟一样。不久前，他来信希望我为这个文集写一篇序，为这样一本文集写序？我实在不敢当，不过，在他学术活动五十周年之际，表示我的感佩与祝贺倒是我自己的心愿与责任。

京城有个中法同文书舍

京城有个中法同文书舍，其舍主名朱穆。

朱穆先生何许人也?

首先还是得按老规矩，对他的现实身份有必要的交代：在现实生活中，他是一位银行职员，供职于一家大型的金融机构，据多方信息证实，是一位中级管理人员，毕竟他已经有四十多岁了，大学毕业后，已工作多年。只不过，他显得非常年轻，而且生来就一副娃娃脸，但行事处事，待人接物，却又沉稳干练、谦和周到，很有修养。他衣着也颇讲究，有次聚会，大概是为了表示对译界诸老的敬意，他特地穿了一身休闲风格的西装，打了一个红色的蝴蝶结领带，其品位甚为雅致俏皮。不难想象，他在本单位是一位少壮英才，至于他官至什么层次，我就不清楚了，因为我从来都是一个官本位意识极其淡薄，官本位文化修养特别差劲的人，我看人的关注点，从来都不是级别与职务。

过去，我从来不认识他，对我来说，他一开始只是一个纯粹的读者。引进他认识我的一位朋友，最初是这么介绍的：“有一位热心读者想请你为他所藏的著译签名。”读者是我的上帝，我对读者要求签名与索取赠书从不拒绝，出手往往也比较宽松大方，总觉得自己的书到了读者那里，是去了最理想的地方。签名活动如约举行，照例在我家附近一家陕西面馆，因为是在我的地面上，所以我坚持由我来做东。正像集邮者从来都是集万国之邮，而不仅限于一国之邮，所有译界名家高手之译品，亦皆为朱穆君收藏对象，故按当时可能的条件，就便请本学界二名家罗新璋、谭立德亦参加本次活动，共同为朱君的藏品签名留念，玉成他的文化雅趣。

朱君驾车而来，带来几乎一整车的书，好家伙，这可不是一个一般的读者，他运来请我签名的书，竟有好几大箱之多，都是我的论著、我的译品、我编选的选本以及我的主编项目，加起来也许还不止二三百册。数量如此惊人，大大出乎我的意料。我知道国内有不少厚爱我的读者在收集与存藏我的书，数量不等，但竟然有人收藏到这样一个规模，我是惊喜交集的。我每出版一本书，总有自存一本的习惯，即使如此，我自己留存下来的书似乎也没有达到他收集的数量。而且据他说，他所藏我的书还远远不止这些，有相当一大部分并没有运来，“实在是不好意思呀，这么有劳柳公”，他也按本学界很多人的习惯那样称我为柳公，此称谓既有若干尊重的友情，又带几分善意的调侃，双方都习以为常，他说得没错，要把他这几箱书签下来，是有点累，我这只帕金森氏手，那一天可经受了一次锻炼。正是从那一次签名活动，我也有了一次意外的收获：一本本书签完，朱君就把那些书在墙壁前摞了起来，最后，达到了一个身高一米八九的汉子的高度，友人们善意地起哄，一定要我站在书旁，替我拍了几张照片。我身高一米六差一公分，摞起来的书，比我高出了一两头，总算生平第一次验证了一下著作等身之誉。不过，老实地说，我自己写作的论著与翻译的作品，如果只按品种计算而不是按版本卷数计算的话，摞起来的高度也不过达到我的大腿，我占了作为一个编书匠的便宜，靠编选的作品与主编的项目，造成了卷帙浩繁的虚假繁荣，替我虚张了不少声势……但不论怎样，看得出来，要把这些书都收集齐全，包括不同出版社的不同版本，一定是很叫朱君耗费精力的，而且肯定要花不少钱，因为，他的这些书，有不少是从旧书市场上淘购出来的，并非按一般的平价。

我做人有一个甚为俗气的信条，简单四个字：要知好歹。有读者这样待我，我能不知好歹吗？因此，这个忘年交朋友我是认定了，何况我还听他说过，早在北京师范大学念书的时候，恰逢我的《巴黎对话录》问世出版，他对那本书竟然喜爱、痴迷到这种程度，甚至在自己的笔记本上把它抄录了一遍。在当时，那本书的确带来了不少巴黎文坛新信息，表述了对法国 20 世纪文学的新视角与新见解，加上有一些对巴黎名士们的性格观察，以及有关文化学术的花絮动态，可读性也还有那么一点，但是，要把一本十几万字的书抄写一遍，这就需要有一些热情与毅力了，朱君当年此份热诚对我这个作者来说，既可以说是有一种知遇之恩，如果用今天的俗话说，也未尝不是粉丝行为。

随后稍多了一点接触，我很快就形成了这样明确而深刻的印象：朱君他是作为一位文化收藏家，一位人文资料积累家而与我们交往的，把他视为一个单纯的读者，是远远、远远不够的，不论在读者二字前面加上多么赞誉性的形容词："热心的""爱书的""酷爱文化的""有学识修养的"等等这些形容词，都显得苍白、都不够分量。事实上，他已把自己作为读者而具有的兴趣与挚爱、见识与鉴赏力这些纯粹个人的因素，汇集提升到了社会文化事业家的高度，说他是一个文物资料收藏家，社会人文积累的文史资料家，决非夸张之言。他很早就对法国文学感兴趣、并开始收集法国文学的论著、译本与有关资料，至今已坚持三十多年。闻此，我立即改口，把他称为法兰西文学之友。他这个法兰西文学之友的资质是非常过硬的，经过他多年的收集，他不仅把法国文学翻译领域所有名家高手的所有译本几乎都收集齐全了，而且，哪怕只在译界露过一次头，只翻译出版过一本小册子、一本小资料，不见经传的译者都收集进来了。因此，从新中国成立前一直到现在，凡是在中国出版过的任何一本与法国文学有关的书，他几乎都一网打尽。

到如今，他所收藏的书共有三万多册，其中有两万册是法国文学类的书籍，在这方面他前前后后所联系过的大大小小译者的共有八十五家之多，他所收藏的签名本则有近三千册。其中比较珍贵的名家译品有：《司汤达小说集》李健吾签名本（民国25年6月，上海生活书店）；李青崖译的《蝇子姑娘》（北新书局1931年）；刘半农译的《法国短篇小说集》（1927年，北新书局版，属于博物馆级的藏本）。最早的译本则有光绪年间出版的《法语入门》。很偏僻很罕见的译本有：《犹金妮》（即《欧也妮·葛朗台》，巴尔扎克著，韩云波重译）；《水上》（莫泊桑著，章克标译，上海生活书店1928年版）；《费迦罗的结婚》（博马舍著，柳木森、汪济合译）；《爱底氛围》（即《情界冷暖》，莫洛亚著，明若、家械合译，民国21年，中华书局）。以这三本书的译者而言，我个人就从来一无所知，国内也许只有文史资料家陈子善才知道。另外，他的收藏还从法国文学延伸、扩大出去，为数也上万册，包括法国政治、历史、哲学、美术、建筑、摄影，还有美食、旅游、法律和经济类的译著。他以这样三万多册的藏书量，建立起来了他的中法同文书舍。这是个专业性非常鲜明的书舍，其所藏法国文学论著与译本之齐全，数量之巨大，恐怕是远远超过国家图书馆的。如果作为一个综合性的图书馆，这个规模不算有什么了不起，但这是一个专业性的图书馆，而且是以一己之力积攒起来的图书馆，这样的规模就不能不令人肃然起敬了。

收藏本来就是一种文明、一种文化。现如今，社会主义中国，俨然是一个收藏文化的大国了，从传统项目的收藏到非传统项目的收藏，到新开辟领域的收藏、新奇古怪项目的收藏，无一不大有发展，欣欣向荣，收藏对象从字画、古器物、古瓷、书札、信函到明清家具，到像章、邮票、烟斗、钱币、纸票，到鸽哨、葫芦，以及酒瓶塞、球队的队服、各类磁卡、核桃、啤酒罐、可口可乐瓶、冰箱贴等等。甚至还有……收藏是每个人的自由，但收藏的境界、胸襟、志趣、品位、精神、文化意义，以及社会作用，却各有不同，甚至有天壤之别。有的收藏是纯功利主义的，有的收藏是低级趣味的，有的收藏是极其无聊的，有的收藏是毫无意义的，甚至对社会有害的。朱穆君作为一个银行职员，在完成本职工作之余，如此不辞辛劳，不畏艰难，数十年如一日从事他的收藏，达到了如此的成就，其精神、其志趣、其胸襟、其品位、其热爱、其执着、其坚毅实在不能不令人感佩、他热爱世界文化中最兼有思想品格、精神硬度、才情灵光、艺术魅力的法国文学，这首先需要他自己有一定的精神境界、思想灵性与艺术趣味。事实上，他本人就是一位雅士，一位学人，对中外文化均有广博学识，甚至达到了专深的程度，大学期间，还钻研过法国新小说派，写过专题论文。他国学功底厚实，爱好书法，写得一手好字，且能诗能文，每次我们有什么活动或相聚搓一顿的时候，他往往带来书法、献词、条幅、贺辞以增情趣，立意隽永，文辞古雅，也提高了我等口腹之乐的品位。

他的收藏事业显然带有一点理想主义色彩。他是出于对一种特定文化与艺术的真诚而执着的热爱，而与物质功利主义无关，至少不追求经济上的回报，也不是为了玩玩，就像不少著名的收藏家那样。比较起来，他的收藏也是十分费心费力，但就效益而言，却相对要清贫好多，说得白一点，他如果是以其他物件为收藏对象，他也许早就是发了大财的巨富。但据一般观察，他的日子过得似乎只是小康水平，如果没有文化理想的支撑，他是做不到这个份上的。

精明的收藏家总能给自己的收藏赋予充分的理由，愈是大收藏家愈善于赋予自己的收藏以超功利、纯情趣、纯美学、纯理想的大名义大意义，声名卓著的大收藏家、大玩家王世襄先生，收藏鸽哨享有高度的美誉。鸽哨有什么意义？王老有诗曰：“鸽是和平禽，哨是和平音，我愿鸽与哨，深入世人心。”一只鸽子，一枚鸽哨，关系于世界和平，好大的理由。朱穆君的收藏，肯定没有这么大的理由，但在我看来，他收藏的意义，肯定不见得会低于一枚鸽哨。

似乎，这是不言而喻的。要知道，从五四以后，在中国从事过法国文学译介或多多少少弄过法国文学的文化大师、才俊之士，比比皆是，林琴南、胡适、鲁迅、戴望舒、刘半农、巴金、梁宗岱、李健吾、钱锺书、杨绛、卞之琳、徐迟以及傅雷等等，他们之中好些人在中国现代文化史舞台上都扮演过重要的角色，对中国的新文学都有直接的贡献，这一个方面的文学现象，实际上构成了中国现代文化发展的一个独特的侧面景观，因此，朱穆先生的收藏，既具有比较文学史的意义，也具有中国对外文化接受史的意义。

朱穆的收藏还有一个意义，他几乎把新中国成立后所有的法国文学论著与译本都收集齐全了。众所周知，新中国成立后，法国文学的译介与研究领域才俊辈出，浩荡成军，硕果累累，业绩斐然。这一代学人中，作出了出色贡献与业绩者，至少有许渊冲、罗大冈、王道乾、管震湖、林青、郝运、王振孙、桂裕芳、张冠尧、李平沤、叶汝琏、王文融、王东亮、艾珉、罗新璋、金志平、钱林森、郑克鲁、张英伦、程曾厚、马振骋 李玉民、袁树仁、李恒基、周克希、施康强、郭宏安、吴岳添、沈志明、沈大力、谭立德、老高放、黄健华、许钧、胡小跃、徐和瑾、吕永真、孙传才、余中先、史忠义、周国强、罗国林、佘协斌、刘君强等等。如果要把这一代学人和上一辈先行者作点比较的话，应该说，既有差距，也有继承、发扬与超越，在对中国文学的直接贡献上、直接作用上，这一辈人远不如前一辈，但就对法国文学的译介与研究本身而言，这一代人译介研究成果的篇幅，恐怕早已超过了亿万字，其译介范围之广，其程度之深，明显有所超越，在译文水平上，前一代除几个成就高、译艺超凡的大师级人物（诸如傅雷、杨绛、李健吾）外，后一代就整体而言，也大有青出于蓝胜于蓝之势，这些都要算是新中国成立后文化繁荣发展面的一个标志。要把一个产能如此巨大的学界的全部成果与劳绩，都收集起来，其任务的繁重是可想而知的，其耗时费力的程度是显而易见的，其经济升值的空间却是微不足道的。

总之，这是一项繁重的社会文化资料积累工程，是一桩看不到尽头的重活，而朱穆君居然把这件事情做起来了，把这样一个任务承担起来了，他是一个特定文化领域、一个特定学界的关注者、鉴赏者、守望者、收藏者，他的中法同文书舍已经成为了中国一个特定文化领域的缩影，是中国文化史发展景观与实物的展厅。多有这样一种人，多有这样一些人，受惠得益的自然是社会文化的积累、人文学界的繁荣。

这就是我为什么要说说朱穆这个人，要说说中法同文书舍这件事情的原因，特别是在物质功利主义张扬，物欲横流，人文精神滑坡的时候。

2016 年 3 月

辑六

从摇篮时期到少年时期

儿时两奇遇

1934年农历二月初四生于南京，净重九斤，故从小被父母称为九斤子。小时候，家庭的亲戚朋友都以此名称呼，甚至成年以后，老辈亲戚仍沿用不改。

总得有个正式的大名吧，父母亲没有文化，但敬畏文化、仰慕文化，特请隔壁邻居一位有文化的老先生，给我正式取了一个大名，老先生根据净重九斤的来由，以“鹤鸣于九皋，声闻于天”之意，取名为“柳鸣九”。此名甚为张扬，大有个人英雄主义气味，而此人一生颇有点好名，不止一次公开发表“君子好名，取之有道”的谬论，大概与这个名字的命定性有关。

诞生前后，父亲乃一打工仔，家境贫寒，小儿九斤子也不叫父母省心。据母亲回忆，九斤子不止一次抽风、“全身痉挛、眼睛发直，吓死人啰！”九斤之重的先天体质，为何有此惊疯，实在难考，大概是因为在家请私家产婆接生，卫生条件不佳，而得了脐带风所致？

幼小婴儿。一片混沌。身体健壮不说，干干净净的小样，甚得邻居的喜爱，但这小子在幼年就有令人惊心动魄的时候，一天，母亲掀开摇篮的被子，发现这小子身边竟然躺着一条大蛇。古城南京的老屋有蛇并不奇怪，大概因为老屋的蛇都是无毒蛇，故未对这小子造成伤害，但此人生平最怕蛇，而且此人胆小成性，也许是在摇篮时期已经被蛇吓破了胆。

童年无传奇，我唯一的一个传奇，是这样一段经历。据母亲不止一次讲述，我三岁的时候，在大门口跟几个小孩一道玩耍，我的一个舅妈在家里听到大门口有一个邻家的幼童高声喊道："九斤子，你得快点回来啊，我们还等着你玩哦。"及至我的母亲得悉此事，赶到大门口一看，九斤子已不见踪影，邻居家的幼童说："一个不认识的叔叔把他带走了。"于是，家里人急成一团，纷纷出动寻找，这个九斤子被这个"叔叔"带到了什么地方去了？

被带到了什么地方？我只模模糊糊记得他把我带到了一个寂静的深巷，找了一家门庐，把我身上那件崭新的毛衣脱下来，他拿了毛衣就扬长而去。原来他目的有限，只看上这件毛衣。比起当今中国的儿童贩子，这位"叔叔"的职业道德水平稍高，走的时候，还往我手里塞了一个橘子。

我是怎么哭着离开那个门庐，走出那个深巷的，完全记不得了。记得的是我终于走到了一条街上，那条街正在修路，大块大块的街石都已翻转了过来。我又是怎么走过这一段街道的，也不记得了，只记得我手里拿着橘子，在街上哭着，小店里面的老板坐在门口，好奇地瞧着我，没有一个人搭理。我感到恐惧，我只想见到亲人。没有办法，我只有哭。最后怎么跌跌撞撞终于走到了我家的大门口，我已经完全没有印象了，反正没有人帮助，用长沙人的话来说，就是靠我的狗屎运（即莫名其妙的好运），终于摸到了自己的家门口。

这就是我生平唯一一次奥德赛式的经历，据家人后来的考证，正在修路的那条街离我们家约有两站路，靠什么摸回去的，显然不是靠神明保佑，也非得好心人相助，看来就是碰上了狗戴帽子的运气，的确是走了狗屎运。

此事对我影响甚深远，我有了儿子，他在幼年和童年时期，我就采取了种种措施，防止他丢失，有的措施其小心翼翼的程度实在甚为可笑……有了小孙女，又采取种种可笑的措施，防止小孙女丢失……

这大概是我三岁左右的事，一直到五六岁，我没有完整的记忆，只记得有时候，母亲带着我和大弟弟柳仲九住在乡下，寒夜青灯，颇为凄凉。有时则母子三人住在小船上，在河畔过夜，只有小船的咿呀声、小船颠簸的头晕感。有一次因为生病必须到长沙去看医生，经过长沙的一些街道，只见一片焦土，房舍都已烧掉，有些地方还在冒烟，后来我才知道，这就是抗战时期有名的长沙会战，是当时湖南的地方长官、军政首脑薛岳的焦土抗战，他三次火烧长沙，我所看到的是哪一次，那就不可考了。

我大概是从 1940 年进小学开始，总算有了比较成串成片的记忆，那时我们全家和外婆及我两三个舅舅的家已经安置到了湖南省中部的一个名叫耒阳的小县城里，长沙已经被日本鬼子占了，湖南省政府迁到了耒阳。父亲把他的妻小也安顿在耒阳，和我外婆、舅舅一家居住在一起。父亲和母亲挺能干的，居然经过几年的奔波，到耒阳后不久又生了一个小弟弟，从此，就是一个五口之家了。这个小弟就是后来新中国成立后官至湖南省建委副主任的柳志九。关于他，且顺便补充两句，在任期间，他很有政绩，且两袖清风，是个好官，可惜五十多岁就因三脂过高，患心脑血管病而英年早逝，在讲究美食文化的湖南当官，官场吃喝成风，他的身体成为了受害对象。

也曾有过无忧无虑的日子

我们家在耒阳大概住了三四年，这是薛岳在湖南战场上成功地抗阻了日本鬼子的节节进逼所赢得的一个相持时期。我们家在耒阳不仅过上了偏安的日子，而且过得还相当富裕。首先，几个舅舅还没分家，以大舅为首，在县城里办起了一家相当规模的酒家，记得好像名叫曲园。酒店相当排场，占有一个很大的院落，其中还有一片不小的草地和一两个亭台，在当地相当有名。另一个舅舅，则办起了一家印刷厂。我父亲在两个舅舅这两桩生意中都占有不小的股份，而他本人却到桂林一家银行工会当上掌勺大厨，承办高级宴席，去展示他的精湛厨艺，当然收入颇丰。我家与几个舅舅家全都住在离县城很近的一个好像是名叫谢家庄的村子里，南方的农家本来住得就很宽敞，我们两家租用的房子有将近十间之多，相邻为伴，在当地农村要算是殷实大户。我母亲后来又另租了一小栋新建的楼房。她虽然有三个孩子要照管，但雇请了一个女佣，自己基本上完全从家务劳动中解脱出来了，过着相当闲适的太太生活。我小时候很少看见她操劳，老见她到外婆与舅舅家或者是邻居家聊天。我在耒阳时期也一直被家里面的女佣称为少爷。这要算是我们家的一个特殊时期，我从有清晰感觉、有完整记忆的年龄开始，就过了几年这种生活，这大概是我身上种下了小资毛病的一个原因。

这是一个人一生中打开心灵窗口之初的重要时期，由于我所处的农村环境与家庭背景，我没有得到什么知性启蒙、智慧增长、学识积累的机会，仅有的一点书香活动便是按照父亲的硬规定，每天必须练毛笔字。除此以外，就是一个玩字了，在家里面跟近邻的农家孩子玩，在学校里跟城镇孩子玩，基本上就是瞎玩、穷玩、疯玩，玩得没有什么知识含量、智慧含量，没有玩出个什么名堂，基本上就是不入流的小打小闹而已。不过这几年，我倒是从视野中、听闻上获取了相当丰富的人生景象。我每天要步行上学，所经之路是乡野的一片秀美风光，是郁郁葱葱的绿色环境，我一生酷爱大自然的绿，实始于此。我也扩增了人生的视野，我亲眼看见邻家的玩伴，一个小女孩，惨死于狂犬病的折磨中；我也亲眼看见村里一个老人身患癌症，溃烂流脓，蛆虫爬行的惨状；特别有一件事使我揪心难忘了多年：我每天早晨上学要经过一个街口，那里有一个妇女摆设了卖油煎粑粑的摊子，摊子离她家那个破烂的小木屋还有相当长一段路，木屋从外反锁住，里边总有一个小幼孩在厉声惨哭，无人照管的他被做小生意的母亲反锁在屋子里面，便毫无指望地以哭求助。这个木屋是我每天早晨上学的必经之路，我从来没见过这个小孩，但他的惨哭声，使我每天早晨都要揪心一阵子，而且此后多年，他那凄厉的哭声一直犹闻在耳。我这个人多少有点悲天悯人之情怀，也许最初就从这里开始的。

大概是因为和乡下孩子疯玩、瞎闹消耗不了我所有的精力，我又变着法子玩自己的一套。一次谢家庄来了一个演皮影戏的班子，我看了之后受了启发，自己也开始用纸叠成小人，仿照皮影戏的方式，搬演一点幼稚可笑、简陋不堪的故事，连观众也不要，实际上也找不到任何一个观众，完全是自得其乐。后来，嫌叠小人麻烦，就干脆用笔画成连环图画，当然笔法是极其拙劣，故事题材经常是俗得不能再俗的，如英雄人物打抱不平、仗义行侠，或消灭恶霸，或缉拿采花大盗等，主人公当然是能飞檐走壁、口吐白光、取人首级于百步之外的剑侠。这种玩意儿我十岁之前就玩，大概是因为身上有点早熟的武侠小说创作细胞，可惜是非常原始、非常低级形态的创作细胞，我也就没有发展成为一个金庸，显然，是缺了成为一个金庸的天分。

此外，我的原始形态的精神游戏活动，还有两个小项：一是一个人发呆，一是一个人瞎想。如果我还有点空闲时间的话，我喜欢要么一个人发呆，要么一个人瞎想，其最佳时间，往往是在晚饭之后，倚靠在一张竹椅上，仰望着星空、倾听着近处小山坡树丛中发出的各种声响，那大概就是万籁之声吧…… 发呆倒并非意识一片空白，而是任无目的性、无功利性、内容与形态都十分原始的低端的浅意识、潜意识自由自在地飘忽不定。瞎想则多少有点主题，有点主线，带有浅思考的性质，不论是发呆还是瞎想，似乎都不是一个不好的习惯，往往在这个时候能扩大一点对客观事物的感受，甚至能思考出一点事情，这是我后来一生中还有点感受力的发轫，也是我后来考虑问题还算比较细致周到的发轫，不过，也是我经常容易举轻若重、如临大敌、想入非非，还容易杞人忧天、庸人自扰的发轫。甚为可惜的是，在发呆与瞎想中，高深的问题、高雅的问题都与我无缘，这大概则是我没有发展成为一个思想家的原因。

当然，一到耒阳不久后，我大概是准六岁就上了小学，我所上的那个小学，是耒阳最大的一个小学，也许还是唯一的一个小学。我对那个小学的记忆已经很淡了，只记得校园和教室都很宽敞，我从各方面来说，都是一个平平常常的小学生，既不优秀，也不顽劣，有点顽皮嘛，在所难免。整个小学生活在我的记忆里没有留下多少印象，只记得有这么几件难忘的事：

之一：我每天从家走路上学，我在来回的路上都饱餐了南方农村秀美的自然风光，也熟视了南方农村的田园景象。这是我生平不时怀念的美好记忆，因为在城市水泥森林中，在北京的风沙中，我一直向往着绿。

之二：我永远也忘不了我每天经过那个小木屋时，所听到的那个小孩惨厉的哭声。

之三：家里人曾带我去看了一次京剧《白蛇传》，我感动得很。一天，在放学的路上，居然在县城的街道上，碰见了演白素贞的那个演员，觉得她真像个天仙。有一个时期，我每天都希望在上学的路上再碰见她，这成为了我相当长一段时期里潜在的心理期待。

之四：我在学校蒙受了一次特大的冤枉，一件同学们顽皮打闹的事件，与我完全无关，却硬扣在我头上，我被一位干瘦、丑陋、粗暴的女老师处以凌辱式的惩罚，其伤痛长期未愈……这个年轻的女老师，从未教过我们，她为什么不由分说，不仅要我在教室外罚站，而且用绳子绑着我示众？及至我稍知道了一点心理学皮毛后，我不得不认为她是一个有虐待狂倾向的女人。

民族灾难中的一段经历

我家在耒阳的三四年，生活安定，心境平稳，经济富足。父亲一个人在桂林辛辛苦苦，使劲赚钱，我们母子四人在耒阳过得无忧无虑，母亲早年跟着我父亲奔波劳累，到耒阳后总算过了三四年有女佣的清闲的太太生活。耒阳时期对我父亲来说仍然是辛苦劳累的，对其他的家庭成员来说则完全是一段幸福的日子，是我的家史中唯一一段惬意的时期。我父亲单枪匹马在桂林奋斗赚了不少钱，他不仅在两个舅舅的生意中占有相当大的股份，而且在长沙还买了一处房产。战乱时期，居然在长沙购置房产，说明我父亲很不善于理财。说实话，也是被亲戚忽悠怂恿的结果。后来，那处房产我们家任何一个人都没有见过一眼，就化为乌有了。

日本鬼子节节进犯，长沙失守了，耒阳也岌岌可危，我们全家不得不往桂林避难。这揭开了我们家抗战时期逃难生活的序幕，因为在桂林没住多久，桂林也开始告急，我们全家又往贵阳跑，最终的目的地是当时的陪都重庆。从桂林仓皇出逃一直到重庆，这就是我们家的逃难路线。这一段并不太长的路程竟然花了将近半年的时间。在这个旅途中，交通困难重重，经常碰到日本飞机轰炸，旅途受阻，滞留于难民营，生活颠簸困难不说，还加上饥饿和疾病。这一段生活，我称之为逃难，实不为过。中华民族被日本侵占蹂躏的苦难，也摊到了我们家的头上。

首先从广西桂林到贵州的独山走得就很艰难，虽然我们是坐在火车上。所谓坐火车，就是搭乘没有车顶遮盖的货运车，五口之家花不少钱，才在货车上占有了两三个平方米的空间，挤成一团。因为铁路繁忙，货车几乎要向所有的列车让路，走不了一两站，就得在某一个小站或某一个偏僻的路段停上一天半夜，甚至是一两天。而铁路又是日本飞机轰炸的重点，几乎每天都碰上空袭，有的时候，火车停在路上，等于是摆在那块儿挨炸，不止一次，附近车厢旁边都有人被炸死。在车上风吹雨淋，日晒夜露，是不在话下的。铁打的汉子也得病倒，我父亲得了肠炎，不断拉肚子，我则得了疟疾，寒热交加，颇有活不到独山之势。好不容易在这段路上走了两三个星期之后，最后总算到了独山。我父亲原来是个胖子，到独山的时候，已经几乎骨瘦如柴了。我被疟疾折磨一两个星期后，快到独山时，父亲碰上好运气，不知道从哪儿弄来几颗金鸡纳霜，记得那几片药因为天气热而化成一摊泥状，脏兮兮的，但救命要紧。此药对症，药到病除。

总以为到独山就到了一个安适的地方，离重庆只有一步之遥了，没想独山的严峻形势几乎是令人绝望的。在这个小地方，居然已经滞留聚集了好几万难民，都等着往重庆逃，而从独山到重庆的崇山峻岭之间，只有一条崎岖的公路，运输的汽车不说是少得可怜吧，至少是严重供不应求，几万难民淤积在这个地方，要送走疏散，至少得要一两年。于是，我们全家就住进了难民收容所，收容所的条件当然是极为恶劣，除了上有遮风挡雨的屋顶、下有铺着草垫的地铺外，几乎什么都没有了。难民们每天挤在一块儿，完全绝望地等待着来疏散的车队，我们家在这样的难民收容所就待了一两个月。

后来，我父亲用了不止一根小金条，一家人才搭上一辆运货的大卡车，离开了独山。那一辆运货的大卡车也是无棚的，满车的货物堆得高高的，一家五口就挤在高耸的货物堆上。从独山到重庆的公路，都是蜿蜒在崇山峻岭之中，路面也比较狭窄，路的一侧往往就是悬崖，而上坡、下坡、急转弯的险段又到处都是。人坐在货物堆上，摇摇晃晃，时有从不稳的货物堆上掉到车下的危险。更可怕的是，这种车大概也是为了经济效益要赶时间，有时候还得夜行车。这一段行程，真是叫人提心吊胆，只好听天由命。

最后，我们总算到了重庆，好在重庆我们还有一家亲戚，那就是我母亲唯一的一个妹妹，她嫁给一个当司机的蔡姓姑爷，早已来到重庆。这时，姨妈夫妇已经有了两个孩子，一儿一女。女儿就是后来成为国家女排队成员的蔡希秦，儿子则是后来成为北京工业大学副校长的蔡希亮。我们一家五口得到姨妈夫妇的慷慨接待，在他们家住了一段时期。后来，在重庆市内找了一个偏僻的斜坡，在那里搭建了一间十几个平方米的半悬空的屋子，以木板为墙，以茅草为棚，算是有了一个栖身之所。

抗战时期在重庆

抗战时期的陪都重庆，各方面的条件都很简陋，生活也比较清苦，我家住在两路口附近财政部旁边的一个小坡上。两路口也算是重庆的闹市，但只见人群成堆、纷纷攘攘，却不见大城市的体面市容，只有若干小城镇级的店铺。财政部也只有零零落落的十来栋平房。新中国成立后的政治读物中，国民党政府素有腐败的恶名，但我在重庆所见到的，至少没有吃喝之风，其最明显、可以感觉到的一个标志，就是我父亲作为一个厨师，根本找不到工作。自从我家来到重庆，到抗战胜利后离开重庆，他一直处于失业状态，只靠他名厨师的声誉，偶尔能接几份有钱人的订菜，订酒席的生意甚少，订高级宴席的，一年也只有次把两次。这种情况带给我最直接的感受，就是我们全家节衣缩食，生计困难。父亲在桂林的积蓄，相当大一部分都花在了逃难的路上，用黑市价坐上逃命的货车与卡车，用黑市价保证五口之家的口腹之需，以及用黑市价给我买金鸡纳霜…… 总而言之，我们在重庆只能过名副其实的城市贫民生活。更为雪上加霜的是，我还生了一场大病，由盲肠炎转为晚期的腹膜炎，差一点就丢了性命。父母亲拼命救治，又把剩下的积蓄花在昂贵的医疗费与住院费上，主要是用高价买刚发明的消炎特效药盘尼西林。

从死亡边缘被抢救过来后，我总算开窍了、懂事了，作为家庭的长子，开始有了家庭忧患意识，走出了懵懵懂懂、糊里糊涂、没心没肺的顽皮状态，告别了很多幼稚无聊的游戏。也不再痴迷什么积攒香烟盒之类的兴趣。只是家里来了一个新的小伙伴后，我的生活中才又有了一些欢乐的童趣，这个小伙伴我们称呼它为小霸王，是一只非常可爱的小猫。它全身洁白，额头上有一朵淡黄色小花，就像老虎的额头上有一个王字，活泼可爱，脸上一副天真幼稚、聪明外露、调皮捣蛋的神情，偏偏又老气横秋长有两撇胡子，每天喜欢围着我们嬉戏玩闹，似乎是不务正业，但是威慑力极大，我们家方圆几十平方米以内，就见不到硕大的川耗子。它在我的儿童生活中留下了非常深刻的印象，我到了老年仍然忘不了它，为它写过一篇散文《忆小霸王》，曾被友人笑称为我的散文代表作之一。

在清苦贫困的生活中，我的学习可没耽误，父亲自幼仰慕文化，老悲叹自己大热天在高温的炉火前苦干的命运，在三个儿子身上，他主意与志向明确而坚定，那就是“一定要读书”，将来一定“要成为读书人”。因此，到重庆后，我很快就上了附近的两路口中心小学，一直读到六年级毕业。

父亲每得到酒席订单的时候，他总是靠一己之力，以个体劳动者家庭作坊的方式来完成，找不到助手，也没有钱请助手，忙得不可开交的时候，偶尔就动用我这个十岁左右的男子汉，如上菜市场买菜料、调味品，或者送个通知，或者因其他需要跑个小腿。俗话说，穷人的孩子早当家，我没有成熟到那种地步，但经常帮父亲办小事，跑小腿，多少得到一点历练，倒使我开始不那么幼稚、呆板、无能，我后来的一生，还比较有点办事能力，有点处理事务的脑子，甚至多多少少有那么一点组织才能，大概多少是因为曾经从我父亲如何调配菜料、如何安排复杂的制作工序那里得到过启发。

对于两路口中心小学，我几乎没什么记忆了，只记得有一件事情，是我自我认识的一个开端。那时，学校经常有一点文娱表演节目，碰到这种活动，五六年级学生总要编个小剧，在一个小台上演出，当然都是很幼稚很原始的剧目。次数多了，班上的每一个人总难免要轮上参加一次演出，对此，我是有点恐惧，不断地一推再推，总想推掉了事。之后，总得上一次台了，那次我摊上了一个跑龙套的角色，只在台上转了两圈，连一句台词都没有。唉，我居然连这一点事情都没干好，我至今还记得当时自己那种羞愧感。我生平第一次深切地感觉到，我这个人是装不来的、演不出的，在这方面我是极其笨拙。当时我有了此认识，后来又在各种各样事里不断得到印证，于是，我一辈子也就确认了我身上的这一特性，虽然有时也想有所突破，但始终没有进步，没有改观。我只善于按本我自然状态那么活着，我只善于按自我本色那么存在。

小学五六年级时期，我总算开始有了自己的课外读书生活。在我的学生时代，课外读书生活对我极为重要，它无异于给原来闭塞、无知的精神状态，打开了一道精神大门，开启了一扇心灵窗口，对我心智的成长，见识的开阔，知性的提高，以及后来的思想修养以及业绩作为都产生了巨大而深远的影响，其作用在某些方面并不下于我大学期间所受到的科班教育与严格的业务训练。

我最早得到的一本课外读物，竟然是《三国演义》。这部书不知道父亲是如何从他雇主那儿得到的，它成为了我们家唯一的一套藏书。我一有空就随便翻阅翻阅，只记得从十来岁开始，我就不知道翻阅了多少遍。在不断地翻阅、细读与重温之下，我后来对这本书有那么一点达到了滚瓜烂熟的程度。说《三国演义》是对我影响最大的一本书，也并非特别夸张之词。首先，它就培养我阅读文言文，或者用我自己的话来说，“半文言文”的阅读能力，但我的古汉语的水平，后来一直没有继续提高，基本上就止于罗贯中式的文言文水平。这部书我越看越有味道，随着年龄的增长，特别是其中的军事智慧与政治智慧对我更是有吸引力。由于经常看《三国演义》，对那些通俗的演义小说都瞧不上了，以至什么《罗通扫北》《薛仁贵东征》《隋唐演义》这些人们常看的书，一直到现在我都还没读过。

的确，在后来，《三国演义》这部书对我的思想成熟大有影响，它逐渐使我开始有了一点政治头脑与见识眼光，懂得了一点韬略，虽然我这一辈子从来没有从政的志愿，也没有多少心术与谋算，但我喜欢观察政治，思索政治，喜欢作壁上观。后来，我曾经有过研究国际政治的一闪念，虽然只是一闪念，毕竟说明了我有过一定的兴趣。所有这些可以说都与我少年时代读《三国演义》有关。当然，我成年以后，知人识事、对待人际关系，也多多少少从《三国演义》中间得到过启示，吸取过智慧，比如说我办事喜欢偃旗息鼓，做一件事切忌雷声大雨点小，多多少少是从吕蒙取荆州得到过启发。我至今都经常告诫自己要韬光养晦，行事低调，矮化自我，放软身段，就是从刘备种菜园子那儿学来的，只因为我这个名字实在是太张扬了，加以我脾性有点好名，所以，我虽然一直想学刘备种菜园子的处事姿态，但一直没有学到家。

除了《三国演义》以外，还有一本书对我的人生有比较大的影响，那就是后来我到了中学阶段才读到的高尔基的《我的大学》，我与这本书一拍即合，根本的原因就在于作者出身于底层，经过自己的奋斗，最后得以成名成家，它教会了我两个字，那就是：奋斗。这对我来说是一个榜样，有激励的作用，有可效性，我整个青年时代当作座右铭的那句话“即使是对自己的小胜利，也能使人坚强许多”，就是从高尔基的三部曲中得来的。因此，如果要说有什么书对我青少年时期很有深远影响，那就是这两本。

从重庆时期起，我还开始养成了一个爱好与习惯，那就是跑书店。重庆毕竟是陪都，繁华市面不多见，书店倒是不少的。在我住处附近，至少有两个小书铺。与其说它们是做卖书生意，不如说是做租书生意，出租的基本上都是一些通俗读物，其中剑侠小说占很大的比例，我最初就是被这些书吸引开始跑书铺的。

我没有钱买书，也没有钱租书，于是，就站在书架前翻书看书，一看就是一两个钟头，甚至两三个钟头，我把这称为“看站书”。说实话，像我这种不买也不租，光“看站书”的主，而且隔一两天就来“看站书”，用不了多久，就很惹书店老板的厌烦了。我可没少遭过白眼，没有少看过脸色，甚至被书店老板用很不客气的言词对待，但我仍厚着脸皮去“看站书”。因为那些书对我实在太有吸引力了。我记得最初我最爱看的有两部，一部是《鹰爪王》，一部是还珠楼主的《蜀山剑侠传》，这两部书都是长篇多卷，特别是《蜀山剑侠传》，有三四十册之多，文笔甚好，想象力丰富，写得神乎其神，愈到后来愈神乎其神，但写的都是作为剑侠的人，而不是神不神、人不人、兽不兽的怪物，这是我特别喜欢的特色。我年轻的时候，多少有点容易耽于妄想的毛病，跟这大概有关。

从重庆时期以后，因为我一直都住在大城市里，每个城市都少不了有书铺，有租书店，于是从重庆时期起，“看站书”只是开了个头，以后每到一个城市，我都保持了“看站书”的爱好与习惯。兴趣也不断地扩展，从最初痴迷于剑侠小说，扩展到侦探小说，什么福尔摩斯侦探小说，亚森罗平侠盗案小说，再扩展到通俗言情小说，如张恨水的小说，我早就通过“看站书”读过了。对比张恨水低一两个档次的冯玉奇的小说我也不生疏，这也许是我后来对情色文学并不大惊小怪的原因，甚至我还写过一本《法兰西风月谈》呢。当然小书铺、租书店除了这些通俗读物之外，也有不少正经的、严肃的文学书籍，也就是在这些小书铺里面，我读到了鲁迅、茅盾、老舍、郁达夫的小说。

我这个跑小书铺、租书店、“看站书”的习惯，从重庆开始，一直持续到我初中毕业。到了高中，已经是新中国成立后的时代，小书铺与租书店逐渐绝迹，于是我就改成了跑新华书店，但“看站书”的毛病则仍然延续下来了。我看得比较多的，几乎都是小说作品，杂文与诗歌我就很少去看，喜欢看、也常看的作家仍是这么几个：鲁迅、茅盾、老舍与郁达夫，对他们的小说名著《阿Q正传》《祥林嫂》《子夜》《虹》《骆驼祥子》《四世同堂》《春风沉醉的夜晚》，等等，我都相当熟悉。我有眼无珠，却没有好好读沈从文与丁玲，对巴金与郭沫若，不知怎么总有点难进入意境。不过，看归看，读归读，翻阅归翻阅，一到书店，翻阅的书就难以计数了。因此，中国不同时期出版过的中外文学书籍，几乎没有不是我曾翻阅过的。说实话，我的中国现代文学的初步基础以至外国文化与文学的一般知识，相当程度上都是从跑书店、“看站书”来完成的。

欧化的土人

——我的一个侧面自画像

1

我是一个土人，虽然我一生所摆弄的是洋文化。

我之土，首先是指洋派的、洋式的、洋制的东西，在我生活中所使用、所享受的比重，实在很少，甚至不及普通中国人所享用的一般水平。

我很少像知识界洋派人士那样喜欢喝咖啡、经常喝咖啡，说来寒碜，我一生中喝过的咖啡总数大概不会超过五杯，而且不止一次仅仅只抿了一小口而已，剩下的大半杯都浪费掉了。我生平的第一杯咖啡，是随着改革开放时代而来的，在此之前，我从没有想到要去喝咖啡，改革开放以后，人情交往才使得我面前出现了一杯咖啡，但我从第一次起，就不喜欢咖啡那种苦涩再加上有点令人发腻的甜味。后来，一直忠于自我、尊重自我的味觉而未尝试着去培养兴趣形成喝咖啡的习惯与风雅，即使是为了和这个圈子的氛围合拍与交往的需要。这样，我大半辈子从来仍以茶作饮料，而且，完全是粗人式的喝，毫无文化含量，与品、与茶道几乎完全绝缘，到了耄耋 之年，干脆连茶也不喝了，每天就喝个几大杯白开水。

洋酒我也不喝，即使我在享受贵宾待遇的期间，我也多次放弃了品味高级洋酒的机会，记得在罗瓦河旅行时，法国外交部文化司的陪同人员马蒂维先生每到就餐时，总要很有礼貌地点一两种高级名酒助兴，而我则从来都坚守了滴酒不沾的习惯，只有一次例外，唯一的一次例外。那是在拉伯雷的故乡希农的时候，参观完拉伯雷故居后，法方陪同人员安排我们在一家雅致的饭店就餐，这次，根据当地的农业生态特色，他点来的是葡萄酒，同样他按老习惯替我斟上，我也按老习惯辞谢未饮，但一转念，觉得自己毕竟是在拉伯雷的故乡，这位人文主义的先驱大师竟把丰富深邃的哲理凝现为他那著名的象征性的口号："畅饮吧，畅饮吧！"在希农不喝葡萄酒，那真叫无趣、没劲，两者兼而有之，于是我举起了酒杯，对马蒂维先生说了一声："以拉伯雷的名义"……虽然在希农开了葡萄酒的戒，但此后并没有养成经常喝点葡萄酒的习惯，即使是为了有助睡眠、有益于心脏。至于品尝名酒佳肴以形成名士风度更与我无缘，故至今我仍不知香槟、威士忌、伏特加等等为何味，于洋酒文化，连及格入门的资格也不具备……

我基本上不吃西餐，早年我虽然也生活在大城市里，并非没有见过西餐店，但作为家境清贫的子弟，西餐西点对于我来说就像是天堂里的东西，有时我们听话、表现好，父母亲满意，父亲也买点好吃的奖励我们，但也不过是一小包油炸花生米和几片油炸锅巴。说来寒碜，我一辈子对美食追求大概就是这个水平，油炸锅巴与油炸花生米都洒了盐，那股香味加上那点咸味，基本上就构成了我美食追求的两个基本元素。我第一次吃到西点，是我十三四岁在广州的时候，给父亲跑了两趟小腿，父亲奖励我一块奶酪面包，面包上一个口塞了一大坨奶酪，当然也很好吃，但似乎抵不过油炸花生米的香味与咸味。也许就是这种先入为主的原因，油炸花生米式的香味加咸味这种模式始终压过了西点的香味与甜味，而成为我的首选。上世纪 50 年代，北京开了一家莫斯科餐厅，那是有点文化修养的人士必去尝尝鲜的地方，我就从来没有感觉到有这种必要与冲动。上世纪 80 年代，我家住在崇文门，马路对面就是马克西姆餐厅，开业后很久很久我都没去过，至今也只去过一两次，那是我的夫人请我去的，她多年在国外生活，西餐是她的生活方式，然而麻婆豆腐、宫保鸡丁加米饭仍是我的美食取向。

我在国外期间，每次在经济物质上都享受贵宾待遇，被招待吃西餐的机会也不少，但我始终没有培养起对西餐的兴趣，尤其是当主人热情地给我点上西餐中的美味——半生不熟的牛排时，我实在有点头疼，吃吧，我实在是不喜欢、不习惯，咽不下去，不吃吧，似乎有点失礼。说实话，每次吃西餐，最后我都觉得我没吃上我想吃的东西，一点儿也没吃饱，经常有这样的想法：要是给我再上一盘鸡蛋炒饭就好了。因此，两次生活在巴黎期间，虽然法方给我的生活待遇相当优厚，我几乎从来没有上过西餐馆，而是老去中餐馆吃我的鸡蛋炒饭与麻婆豆腐。年轻的时候为了装装门面，还注意学学吃西餐的规矩和习惯，如何拿刀、如何拿叉等等，到后来，连这些门面化的规矩我也不讲究了，干脆一手持勺或者一手持叉，权当作筷子使用吃完了事，幸亏我极少应邀吃西餐，我请客吃饭几乎都用中餐，故我很少露这种欠缺西方文化教养之怯，我这种目无西餐规范的土人面目，才没有广为世人所见所知。

我也不喜欢穿西装，在服饰上，国内已形成了这样一种时尚：西装成为了正装与礼服，每当正式场合，或各种各样的大会或宴请或重要的文化学术活动，国内知识界、学术界人士大都正式着西装，特别是从事中华传统文化学术工作的人士，几乎毫无例外地一丝不苟地穿西装、打领带。至于官方人士，更是酷爱西装，只要稍有正式意味的场合，都无一不西装笔挺，西装不仅成为了他们正式的礼服，甚至已经成为了他们的制服，他们日常的工作服……可见，西装在国内已经成为身份的标志，文明程度与文化水平的标志，甚至构成了一种严肃认真的生活态度……而这种时尚、这种文明、这种审美取向、这种对自我要求的责任感，似乎我都没有沾上边。几十年来，在国内，我大概只穿过两次西装，一次是在2002年首都文化界纪念雨果诞辰200周年大会上，因为，那是一次带有外事性的学术活动，有不少外交官与外国朋友与会，而我又是大会的主角。另一次是在北大100周年的校庆之际，我被校方当作“杰出校友”邀请去人民大会堂参加纪念大会，大概是因为第一次进人民大会堂开会，又因为做了一套西装从没有穿过两次，两个原因加在一起，我就穿了那套几乎崭新的灰白色西装去了。除此以外，我从来不正式穿着西装。总的来说，我在着装上、在洋文明化的程度上、在文明化状况显示度上，都大大低于国内的常规水平。

至于我的日常衣着，虽然我每逢上街外出，见客约会，上门拜访，都甚为注意，但是，如果是在陋室中爬格子，我那身工作服就不堪入目了，上身往往是一件陈旧不堪，污渍斑斓的衬衫，下身就是一条松松垮垮的长裤，裤脚总是卷了一截，高于脚腕，低于膝盖，两边还不整齐对称，一边高一边低，不伦不类的，完全像一个粗俗的工匠……由于我的生活基本上都是在陋室中进行劳作，我一年之中，衣着如此不伦不类、乱七八糟的时候总是居多，加以我平时不注意刮胡子，于是，在生活中我经年累月的外观，可以说是处于粗野不文的低端状态居多……

这就是我在日常生活中的常态，是我粗糙难看、简陋不雅的一面，如果我的文明化、修能化程度仅止于这种衣仅蔽体的原始水平，那么我就完蛋了，那我就不成其为一个有点名气的人文学者了，即使勉强成为一个人文学者，那也是极为不堪、不值一顾的一个，因为，实际上的文明化程度不能不影响一个学人的精神呈现、精神境界、精神水平，而特别是人文学者，其精神风度、其文化魅力、其思想内涵、其灵智闪现、其知性高度，实与其文明化密切不可分，甚至是与文明化共融为一体的，未尝不可以说，文明化是其精神品位的一种标杆、一种刻度。

2

谢谢上帝，我的文明化程度，并不如我外观所显示的那样低端。这里有一个区别，有一个差异，那就是追求外观的文明化，还是追求内在的文明化，是具有外观的文明化，还是具有内在的文明化。实事求是地说，我所放弃、我所忽视的只不过是外观的文明化而已。我对内在的文明化倒是蛮重视、蛮在意的，因此，只要在意或注意的时候，即使是外观，也还是说得过去的。

在人际交往中，我当然要注意外表外观，见客时，总要把平时不修边幅那种粗糙简陋统统收起来，胡子是必须刮的，衣着至少要整齐、清洁、合身，还要讲究点式样的大方与得体、颜色的配搭、风格的素雅，并以颇为用心而不着痕迹为原则，文明法典不是有言：“善于衣着者，往往不显刻意用心”吗？款式则几乎都是休闲装，以追求洒脱自然的风格，绝少穿西装、打领带，也为的是自远于严肃正经、一丝不苟、煞有介事的态势。总的说来，我在衣着上，是向卞之琳看齐，甚至以他为偶像，他即使只穿一套面料中山装，也能穿得合身、贴俏、素雅，穿出都雅潇洒的风致。

在人际交往中，更要注意的是礼仪与教养，行为上的彬彬有礼；Lady first 的习惯；“谢谢”一词常不离口，这些常规是不可少的，礼多人不怪嘛。姿态正规、“站有站相，坐有坐相”，举止文明，也完全可以做到。如何称呼对方更为重要，既包含了礼仪规范，也显示了自我素养，我经常客客气气称对方为“阁下”，哪怕是比我年轻的客人，这称呼中，尊重占 50%，礼仪占 40%，略为夸张与轻微玩笑占 9%，幽默调侃占 1%，这 1% 不可或缺，就如在一碗汤里，撒上几粒味精，有助于提升亲切的味道……我自己之所以乐于别人戏称我为柳公，也是因为我颇为欣赏其中揶揄幽默的成分……对女性的称呼则更需讲究，当视情况而定，对有一定年岁、一定身份地位的女性，我常称呼为“先生”，有时对年轻的、事业型的知性女性，偶尔也如此称呼，对于一般女性皆称为女士，但避免称“你”，而是称“您”，尤其是对漂亮的女士，更是如此，以自觉地保持距离感，避免对方对你产生自来熟、套近乎的印象，而这种讲究主要是得益于法语称呼中第二人称单数与复数的区别。在交往中，我由于性子急，说话坦直，有时不免影响交谈氛围，令人不快，为此，我只好靠文明化的习惯话语来尽可能给负氛围打点折扣，常抱歉在先地作这一类的表示：“恕我直言”，“容我冒昧请问”等等，经常，几乎就成口头语了……

我颇重视通信的礼仪，在我看来，通信礼仪是文明化的重要标志，它比是否穿西装、打领带，更反映文明化的程度，千万不能马虎。我倒没有细致讲究到行文的格式与信纸折叠方式也一丝不苟的程度，那是中国的经典礼数，我有点嫌烦，但每信必复是起码要做到的，称呼问题则要细致对待，对有职有权的人士，最好以其职务相称，以表示我并非不敬官本位文化，虽然我自己有意识远离仕途；对治学同道、文化人士，务必恭敬有加，但绝不轻易称兄道弟，以免有套近乎之嫌，而信末的祝愿，应该尽可能表示尊重与敬重，不是“教安”，便是“编安”，不是“夏安”，便是“秋安”，以示自己谦谦有礼，即使对年轻的编辑、记者亦不例外，即使对方并不向我问安，我也照常单向问安不误，并不计较是否对等……

饭局既是文明化的润滑剂，也是文明化的展示台。饭局上座次排列与朝向的礼数烦琐，我顾不上，但力求谦让是我最高原则，至少我绝不在主宾位上就座，这是其一，其二在饭局交往中，我以为，其实最为重要的是“来而不往非礼也”，这至少是文明化中最起码的平等原则，也是饭局交往得以良性互动，持续下去的关键，我一直恪守不渝，我吃了请，我就必须回请。这一点对我来说不难做到，因为我喜欢请客吃饭，与朋友与熟人共同进餐，于我单调的书斋生活是一种调剂，甚至是一种愉悦，于人于己皆相宜，也就习以为常了。

我外观上的文明化状态大抵就是如此，我觉得基本上够用了。这种水平、这种状态对自己比较合适，既没有亏待自己，没有因文明化的追求、文明化外观而苦了自己，也给自己提供了一定的装点自我、美化自我的愉悦。对客观人际关系也说得过去，在仪态上既未对他人失礼，也没有让自己露怯，显得不堪。我只准备达到这种水平、这种状态，我也满足于这一水平、这种状态，因为在我的理解体系里，外表、外观的文明化不是全部，而只是一个人文明化的一部分，甚至只是一小部分，而另一大部分则是精神世界、内心世界的文明化。两者孰为重要，是不难理解的。

3

外观上、外表上的文明化毕竟是外部的附着物、装点物，它往往是呈现于一时一事，是一种人为做作的东西。而内在的精神文明化，从浅的方面说，往往包括个体所具备、所持有的精神条件、精神能力，如音乐修养、造型艺术鉴赏力、风雅美趣、美食技艺等等。从深层次来说，则往往是指个体人所具有的素质与格调，诸如境界胸襟、眼光见识、人格风采、文化内涵、品格操行、精神高度、自省能力、自我态度，等等。无论是从哪方面而言，内在的文明化，不再是附着物、装点物了，而已经与主体紧密结合，融于一体，浑然天成，以至于几乎成了主体人的一个组成部分。如果说外观的文明化在人身上往往是作出来，那么，所有这些内在的、深层次的文明化，在个体人身上则是一种自然的流露，是一种本性的展现。在我看来，这才是真正的文明化，货真价实的文明化，这才是个体人文明化实际水平。个体人的文明化追求的目标主要就应该是这些内容、这些项目，如果真正在这些方面修炼有成，即要算是卓尔不凡的文明人了，要是能在这些方面修炼成正果，那就称得上是伟大的人文主义者心目中“万物的灵长，宇宙的精华”了。个人精神修炼的着力点，显然就应该放在这里，这比穿西装、打领带、喝咖啡要重要得多。这就是我对文明化比较成系统的理解，也是我自我修炼的着眼点与着力点，这个行程早从青少年时期就开始，至于自我修炼的发轫点何在，那么坦率地说，与荷尔蒙的潜作用有关，发轫于我的初恋。

那是我初三在广益中学的时候，各中学联合办了一个类似暑期夏令营的学习营，把各校的学生集中在一起复习复习上学期功课，预习预习下学期的新课程，当然还有一些文娱活动，如跳跳集体舞，组织合唱队等等。虽说是“营”，但学生并不集中住宿，而是采取各自家居，每天走读的方式，正是在这个暑期学习营上，我认识了她。她来自长沙名声响亮的周南女子中学，未见到她之前，就听同学们说，周南女中来了一个叫林某某的，是一个有名的才女，学习优异，成绩拔尖，而且是该年级的班长，人也很漂亮……及至见面，我倒并不觉得她特别漂亮，不过是清秀的脸庞、端正的容貌令人耐看之中又颇露出一种俊秀之美，属于端庄大方、富有知性的那种类型。她步履轻盈，走起路来似乎有弹性，身姿苗条，正在发育的身材似在向高挑方向发展，如果我碰见大学时期的她，那我肯定不是她的个，我一定会自惭身矮……从第一次见她，我对她便念念不忘，加以她优秀生的名声在外，我的喜爱之中，还有一种明显的崇拜成分，双目定睛的注视中往往有一种仰视的感情。我青少年时期讷于言，更怯于与异性说话，又不善于掩饰内心活动，情感易流露于形色，却又绝不敢表于言行。对于这一切，她一定是注意到了，她固然言行端庄，言笑很有分寸，但一看还是一个敏感的少女，她似乎也颇关注我，跟我还算是有所接近，至少没有任何规避的表示，也算和善亲切，可谓友好。但我与她之间，除了同营学友之间一些最必要的打交道外，就没有任何带有其他意味的来往，甚至没有任何带有感情色彩的话语，我也很满足这种一般的同学友好关系，没有也不敢有往前迈一步甚至小半步的意图与勇气，比如说递一个小纸条，说句带感情色彩的话，等等。我安于这种无所作为的状态，在这种状态中我得到不少愉悦。她的形象缭绕着我，我想象时感到愉悦；我和她做最普通的交谈时感到愉悦；我的直觉告诉我她对我有所关注时，更是感到愉悦；我朦胧地感到她与我之间有那么淡淡的一点感应感知，那就更是心满意足了，甚至有一点幸福感。就这样一个暑假很快就过去了，我们就像普通同学一样道别了。不久，我情不自禁写了一封信寄给她，绝非表白信，连半句表白的话也没有，而是仍然沿袭着本来的同学关系，仅限于谈了谈别后的学习情况，没有想到的是，很快就得到她的回信，同样友善，同样矜持。虽然通信的内容平淡如水，但男女同学有了通信关系，就意味着不太平常，当时在长沙的中学环境里，这往往被视为有了恋爱关系。对此，我很有幸福感，我自己也认为我是在恋爱；她呢，是否也认为是在谈恋爱，我不敢说，但她与我通信至少说明了她没有拒绝我一般的来往……我们这种君子之交淡若水的通信有了两三个来回，没有持续很久，最后，无疾而终，不了了之，从认识到最后，我们并未单独见过面，甚至我从来也没有拉过她的手……却有点像但丁仅在佛罗伦萨街头见贝雅特丽齐一次就对她感念终生……

虽然什么事儿都没有，但我自认为我的确经历了一次恋爱，而且是一次扎扎实实的恋爱，很有真情实感，很有精神内涵的恋爱。因为，对对方的真挚喜慕，持续思念，心电感应，再普通不过的交谈所带来的愉悦、心跳、面红耳赤以及事后的回味无穷，等等，等等，可说是全面体验，应有尽有。特别起主导作用、占主要成分的一种情感活动，就是不断将对方加以美化、理想化、意趣化，以至在自己心目里，对方成为了一个清纯天使、温情天使、知性天使、母性天使。而自己呢，则是仰视、心仪、爱慕、膜拜，特别是经常自省：我配不配得上她？从而竟然产生一种精神原动力：向上、向上、向上，提升自我，强化自我，美化自我……这种自我激励，在我最初所经历的三两次初恋性的情愫中都曾有过，并在我的成长中扮演了重要角色。略早一点，在重庆求精中学时，对一位黄姓的女同学产生暗恋情愫后，便经常去她所经管的小图书馆（靠一位大小姐的捐助而建立起来的）去借书看，我最早读到洛蒂的《冰岛渔夫》与屠格涅夫的《春潮》便是那时候的事，两本书都是文化生活出版公司出版的，白净的封面，显得很高雅，那是我第一次真正接触外国文学……后来，我在北大时真正的一次初恋，更是成为我奋发努力、积极向上、力求自我完善化的动力，一直持续了好几年……我应该感谢我的初恋，它在我的精神成长过程中起过十分良性的作用，我之能够成为一个真正有教养的人，一个文明人，与它是分不开的，这是我在叙述自我文明修炼过程中为什么插进一段初恋往事的原因。

有了要提升自己、美化自己的意愿与动力，朝什么方向努力，以什么为理想目标？坦率地说，关于人生理念、人格修养这类问题，我是没有什么系统的学识，我也从未进行过系统的阅读与研习。我往往只是随性所至，碰到某一句特别欣赏的佳句名言，就反复玩味，奉为至理，以至引入自己的生活，当作座右铭，或当作提示性的警句，或当作启迪性的谶语。

进初中后，我从阅读中东一榔头、西一棒子摘取的佳句名言，有那么三两句是我最喜爱的，一句是莎士比亚《哈姆雷特》中“人是宇宙的精华，万物的灵长”；一句是屈原《离骚》中的“纷吾既有此内美兮，又重之以修能”；再一句是高尔基《我的大学》中的“即使是对自己的小胜利，往往也能使人坚强许多”。没有想到的是，这三句话在我的文明化进程中、人格塑造中、人品的修炼中，起了越来越大的作用，几乎成为召唤的目标，指引的明灯，律己的规范。莎士比亚关于人的理想，对一个青年学生来说，有点大而不当，颇嫌笼统，但它能鼓舞人、督促人向美好、高远、智慧、知性、文明的方向提升、奋发、前进；屈原诗句无异于经常提示内外兼修的重要性，灵魂人格美与外在修饰装点皆重要，缺一不可；高尔基名言，则使我经常想到自我提升、自我修炼过程中习惯惰性的无处不在，必须要有毅力，从小处做起，寸土必争。青年时代，在青春恋爱的心理背景上，我固然要一直不断地致力于自我修炼，后来年岁有长，则又因为已经登上了文化台面，受到了一定程度的关注，更不得不注意自己的文化修养与行事风格，以至在风骨人品、自我提升、自我修炼的过程中不敢懈怠，只不过，年轻时的自我修炼偏重于修能性，而年长时，到相对比较注意内美性了。

凡是与恋爱、青春有点关系的精神心理活动，往往都带有一定程度展示性意向，或干脆就是为了展示，我青年时期的自我提升、自我修炼、自我修能化的努力，几乎都带有这种潜在的因素，潜意识动因。最先的一例就是我在广益中学时几乎是以一己之力创办了一份油印刊物《劲草》。这个灵感是从广益中学里那些琳琅满目的墙报引起来的，这些墙报就像一期一期的文学刊物，一开始就令我仰慕。由此我产生了办“一个能移动的、能散发的墙报”，也就是一份油印刊物的意念。要办出一份大篇幅的墙报，从撰写、编辑、抄写、美工到出墙张贴，总得有五六个人才行，我作为一个插班生，还没有这么齐全的人脉，我如果要做什么，只能找到一个同伙，那就是一位英文特别好的黄姓同学。

如果把墙报的形式改为油印小报的形式，事情倒要简单易行一点，只要有了可用的文稿，自己买两三张蜡纸，把文稿刻在蜡纸上，然后放在油印机上一印，一份油印刊物就出笼了，而且发行范围还远远不止于一面墙壁……经过一段时间的考虑与筹划，又争取到了那位黄姓同学的赞同之后，我终于行动了起来。其实，整个事情并不太复杂，比较困难的倒是稿源问题，因为我力求避免雷声大，雨点小，怕成为笑柄，故不考虑公开征稿。没有稿件怎么办？自己写。在这件事上，黄姓同学毕竟只是一个友好的赞助者，对此事本无多大的热情，他提供了一两篇文稿，算是给了我最大的面子，其他的就只能由我一个来包圆了，从发刊词到主打文章与搭配文章以至花絮补白，总算我都一一诌了出来，形式则有散文，有小故事与议论文，除了发刊词外，其他文章均署笔名，而且每文各异，似乎参与刊物的至少有那么几个主将。至于文章内容，说实话，都是“为赋新词强说愁”之类的矫情凑数之作，不值一提。总之，凑足了几个版面，于是一份名为《劲草》的油印刊物就炮制出来了。当然在校内多处的墙壁上少不了都要贴上一份，以供大家欣赏，而且，还自己充当邮差，将它投放进了附近的几所中学（周南女中自不可少了），以求在更大的范围里出名。但毫无反应，默默无闻，显然没有引起什么注意。对此，我自己仍不识趣，接着，又使了一把劲，弄出了《劲草》第二期，这一期更是我一个人的单打独斗，那位黄姓同学已经仁至义尽了，对不起，乐观其成，但不再奉陪。结果仍是没有反响，这才使自己完全泄了气，从此罢手，停刊。就像小孩子吹起的一个肥皂泡，我的文学刊物梦就这么很快地破灭了。

虽然整个这件事有些幼稚可笑，但对于一个初中学生来说，多少还有点别致，带点创造性，而我之所以把这样一件事儿做了起来，坦率地说，就是为了展示自己，展示自己的才能，展示自己不同于其他同学的风采，因为那个时期，我已经进入青春恋爱期，自觉或不自觉地需要引起女同学的关注与兴趣，就像孔雀开屏是为了招引异性那样。

4

在我有意识地提升自己、美化自己、充实自己的努力中，培养对音乐的爱好、增强音乐修养一项占有很重要的地位，在这方面，我花的时间最多，从大学时代起，这种努力、兴趣与习性一直持续下来到中老年。

在北大时，校内的文化活动丰富多彩，有很多的社团活动吸引着同学们的兴趣，而我参加最多的是音乐社团每周必举行一次的外国古典音乐唱片欣赏会，我虽不敢说次次必到，但也可以说是常客了。在这种活动中，除了听唱片外，还有有关的知识介绍以及技法欣赏的讲解，而所欣赏的唱片则基本上都是欧美的古典音乐。我之所以对这个社团的活动特别感兴趣，首先当然是这些古典音乐本身十分有魅力，一有接触就会如痴如醉地爱上它，其次则因为古典音乐与西欧古典文学关系密切，我作为一个西方语言文学系的学生岂能对西方古典音乐无知无感觉？我得积累这方面的知识，我得培养出自己的真情实感。这便成为了我积极参加的动力，也正是从这里开始，我知道了从巴哈、莫扎特、贝多芬、肖邦、舒曼、门德尔松、斯特劳斯直到柴可夫斯基、李莫斯·科萨科夫、德沃夏克等等这些大师的名字并开始有了相关的知识，更重要的是我总算对西方古典音乐中的那些鸿篇巨制以及优美名曲有了初步的认知与感受，通过这种社团活动，我得到了音乐的启蒙与辅导。

从此开始，以此为基础，我成为了一个对西方古典音乐附庸风雅的粉丝。附庸风雅并非我妄自菲薄之语，我全身绝无任何音乐细胞，五音不全，不会唱歌，乐理不通，不会识谱，从来没有碰过任何一种乐器，哪怕在青年人中最为普遍流行的口琴。但我却自认为是西方古典音乐的爱好者、欣赏者、知音。不过，我的附庸风雅倒是下了一番苦功夫，并持之以恒，那就是我花了不少时间去吟记甚至背诵那些曲中的著名乐段，至少是其中的主旋律。我开始是吟记那些短小的名曲，如舒伯特的《圣母颂》，圣－桑的《天鹅》，舒曼的《小夜曲》，斯特劳斯的《蓝色多瑙河》，柴可夫斯基的《徐缓如歌》，比才的《斗牛士之歌》等等。能够自由自在吟记背诵这些名曲哪怕是若干片断，也是一种绝妙的自得其乐，能随着原版乐声而应和，那更是有种得意洋洋之感……不久，我又更进一步，吟记背诵起大型交响乐中著名的旋律乐段来了。最初，我从贝多芬的《田园交响曲》第二乐章开始，也就是树林中小溪流淌、雀儿啾啾、布谷鸟啼鸣的那一大段美不可言的音画诗，然后，又回到第一乐章久居城市之人外出踏青时的轻快与欣喜，再到第四乐章暴风雨之后天空的平和与宁静……在北大期间，我吟记背诵了多少古典名曲我实在是记不清了，反正，从北大期间开始，而后数十年持之以恒，随着自己听音乐的条件改善了，逐步有了自己的起码的音响设备，吟记背诵的量也逐渐增加起来，到后来，我所吟记背诵的就有贝多芬的第五交响乐、第七交响乐、第八交响乐、第九交响乐，以及舒伯特《未完成交响乐》、德沃夏克的《新大陆交响乐》等等，特别是贝多芬的《命运交响乐》更是陪伴着我岁月中一些坎坷的日子，第三乐章中，节节抗争之后的休整小憩与沉思，经常给我以慰藉与鼓舞，第八交响乐中对美好前程的憧憬与一步一步坚定走下去的段落以及葬礼哀乐段落，则不止一次使我流泪…… 德沃夏克的《新大陆交响乐》更是在我一生的生活中占特殊地位，我最初是喜爱它的清新与充满希望。后来，因为去美国的儿子特喜爱它，我面对它也就有特殊的感情，如今儿子已英年早逝，我只要一听《新大陆交响乐》这个名字，心里就一酸……

我很庆幸在自己的吟记背诵库里有这么一份财富，它之得来，我当首先感谢燕园的音乐文化生活，我对音乐的用心不存在什么实用功利的问题，我一生既没有就此写过音乐评论，也没有当众炫示卖弄，这只是一个自我感觉愉悦与精神享受的问题，自得其乐的问题，如果一定要说还有什么实际的功效，那便是我这份爱好多少培养了我一些艺术感受的能力以及对不同艺术形式的通感，而这对于一个文学评论者、文学研究者来说，是相当重要的。但我宁可把它视为我个人修养的一部分，自我文明化的一部分。当然，事实上也会带来某些具体的功效：在日常的书斋生活中，我看闲书时，我写文章时，经常放点古典音乐的乐曲，我觉得那种氛围、那种情致妙不可言，美不胜收，也许有助于文笔如行云流水……我有时也喜欢用古典音乐欢迎与款待来客，我觉得这种方式文明而雅致，可以提升交往的格调……我不止一次以卡拉扬的贝多芬交响乐全集进口音碟作为礼品赠人，我觉得这比名酒、名烟、黄金月饼更易于长久保存，不会变质……对欧美古典音乐的热爱与欣赏，已经深入到我的现实生活，使我这张无趣、苍白的脸上总算有了一点红润，使我枯涩的书斋生涯中，多少有了清新润泽的气息……

5

除了听古典音乐外，我另一个重要的爱好是欣赏绘画作品。不过，我所欣赏的主要是西洋油画，说来很不应该，也很感惭愧，我对中国画是不怎么欣赏的，除了少数几个画家，如齐白石、吴冠中外，其他人几乎过目即忘。而在这几位之中，我最喜欢的是吴冠中，他超过齐白石，位居第一，之所以如此，也是因为他的作品有西洋油画的成分。众所周知，在中国举办的外国油画画展是极少极少的，即使是油画画册出版得也不多，按我的条件来说，几乎没有什么机会见到油画原作，我怎么会对它产生兴趣的？说来也凑巧，在北大二年级时，我经历了我第一次真正意义上的初恋，不久就因对方远行而分手，正是沉浸在惆怅忧郁心情中的那个时期，在西直门的苏联展览馆举办了一次苏联油画展览，不知怎么搞的，我也去看了，那些优秀作品灿烂鲜艳的色彩，其中所描绘的自然风光，以及俄罗斯文艺作品中惯有的抒情格调与优美诗意，给了我念念难忘的印象，持续经久的感染与陶醉。总而言之，是一种纯美的感受，而我那时，刚过去的初恋其温馨余温尚存，又加上长别离之初淡淡的忧郁与绵绵的思念，还有对遥远未可知前景的朦胧憧憬，这种心境正需要一种美感的润泽与滋养，这次画展给我的感受正投合了这种情感需要，至少给我要写的情书提供了一个美的话题。这就是我与西洋油画第一次结缘的经历，我最初对油画的兴趣，即由此而来。

但是，这种兴趣在中国的条件下很难得到充分的满足与发展，只能维持一个低级的水平，甚至只是一种原始的状态，如果说我音乐欣赏的现实条件是很简陋的话，那么绘画欣赏的条件那就更原始。在音乐欣赏方面，我既不懂乐理、技法、乐器的配备以及指挥的艺术，就听觉的享受来说也处于低级水平，我仅靠一台简单的录音机，与音乐发烧友追求音响的高级设备相差十万八千里。在绘画方面，我实现这一点兴趣的手段与途径，那就简陋得更可怜，我没有多少画展可参观，只能通过国内出版的画册去欣赏，而国内出版的画册起初也为数不多，何况限于经济条件，我也不可能购置、收集得那么全，于是只好靠收集一点零星的图片过瘾，如印有著名油画的明信片、挂历以及偶见的刊物插图和落到我手上的画页，等等，过了一阶段，翻出来看看，实在是零星散乱，寒碜不堪，加以书柜的空间有限，最后不得不处理掉了事。但我这点兴趣就这么苟延残喘地延续了下来，真正得到满足，是我在出国期间，我每次去巴黎，在卢浮宫以及各种美术绘画展上流连忘返花的时间占有很大的比重，而且参观时还下了一点笨功夫，至少一手拿着笔记本，一手执笔，复述复述画面的内容，记录记录当时观感的心绪，这些在我的《巴黎散记》中多少有些反映。同样，在美国期间也是如此，美国人收集的印象派绘画珍品为数甚多，我在他们的国立美术馆以及波士顿地区的高校及有关机构的展览会上，总算看了个够。我儿子后来到美国去，很快就培养了对印象派绘画的浓厚兴趣，跟环境有关。绘画艺术的技法与有关的艺术问题，我几乎是一窍不通，但我喜欢，我感兴趣，就好这一口。我的绘画修养，我的美术文明化程度，不过如此而已。

细讲起来，其实我对油画中的人物肖像画与历史场景画的兴趣，远远不如对风景画的兴趣来得大，我指的是个人的爱好，而不是艺术欣赏，我对人物肖像画、历史场景画惊人的艺术水平是十分欣赏，叹为观止的，但是不像对风景画那样地钟爱，那样投入自己的感情，只要面临着一幅风景画，我总有一种想置身其中的向往与冲动，且不说身心强烈的愉悦感了。最初我对此没意识到什么，后来，我才越来越意识到，这与我生活中缺少优美的风景有关，与缺乏郁郁葱葱的绿意有关，因为，我从有感受的年代起就是生活在水泥的森林中。

6

是的，我喜爱绘画，特别是风景画，这的确与我热爱大自然美好风光有关，还与大自然有关的则是，我特别喜欢在优美的自然环境中散步。在自然景色中散步，是我生平从未改变过的习惯与生活方式，在我这里，散步远远不仅是饭后消食的法子，不是每天书斋伏案后松松筋骨的法子。它远远不止于此，不，说生活方式也不够，在我身上它已经成为了精神上的情趣追求，成为了美的意境追求，成为了文明教养的一部分，甚至成为了严肃人生的一部分，不妨说，在一定意义上形成了我的散步人生、散步意趣、散步美感、散步精神……

这种散步意趣、散步美感、散步精神、散步人生是何时何地形成的？还是在北大燕园，我的很多东西都是从这儿开始的。中国人应该感谢美国人司徒雷登，他走了，但留下了一个燕园。大家都知道，北大燕园、未名湖畔是一片风景如画的天地，它是我所见过的世界上最美的一个校园，湖光柳色，浓荫葱郁，曲径蜿蜒与通道坦阔，相互交织，广阔的秀美空间中，又散落着亭台楼阁，点缀着巴黎风格的路灯，中西景色，相得益彰，水乳交融，浑然一体。我从有点土气的湖南来到这里，惊为天国胜景，我情不自禁经常在临湖轩幽静的周围、在未名湖畔、在西校门气象万千的草地与华表跟前、在民主楼、在俄语楼鸟语花香的附近溜达漫步，很快就成为了一种生活习惯。

这种溜达漫步开始完全是陶醉性的，即充分欣赏与享受燕园中的美景风光，特别是其中浓郁的绿意与人文布局情趣的浑然天成，但对于一个在“向科学进军”的紧张氛围中的大学生来说，纯粹陶醉的时间、休闲的时间是花不起的，于是就开始与实用性的目的结合起来，如在临湖轩附近幽静处朗读原文课文、背诵单词、考虑读书报告怎么写、学年论文怎么构建，于是我业务学习中的不少事情就是在漫步中完成的。在这种方式中，精神活动、心灵活动是不断延伸的、不断扩充的，如我对名士风度的认识与取向，就是从燕园漫步中得到的收获之一。漫步在燕园中，经常可以碰见北大的名家大儒，我就经常碰见著名经济学家陈岱荪在未名湖畔散步，他头微微昂起，闲庭信步，一副闲云野鹤、清高脱俗的气派；我也经常见到大美学家朱光潜，他一身布衣，手执书卷来往于教学楼之间；更经常地碰见著名物理学家周培源，他骑着自行车风风火火来往于教室与办公大楼之间，他上下自行车轻快的身姿，使人印象深刻。是他们，最初构成了我对名士的概念，由此形成了我追求名士风度中的价值取向，那就是潇洒脱俗，布衣勤劳与行事高效。久而久之，现实生活中的各种问题，如学习规划、神经衰弱、调理身体、安排生活以及社会工作、恋爱问题、同学关系等等，都进入了散步这样一个特定的时空，在优美的环境中得到了回顾、琢磨、梳理与解答。总而言之，在燕园的四年，漫步、溜达、转悠成为了我的生活习惯、生活方式以及实际人生的组成部分，也成为了一种特别的精神享受，愉悦所在，甚至提升为一种美感美趣，当然，这一点是我从卢梭那儿得到的启发。

记得大学二年级时，在法文精读课中，读到了卢梭《忏悔录》中他青年时期，有一次在日内瓦城外大自然风光中流连忘返，耽误了返程时间而不得不在星空下过夜的经历，那种情致、那种情调、那种洒脱简直把我感动得不行，使我精神上得到了深深的陶冶。我以后曾不止一次重温诵读这一章，对它几乎是终生念念不忘。它对我散步哲学的形成也大有帮助。在我的散步哲学、散步美感、散步追求中，有三个基本因素是不可缺的，一是有绿色的环境、绿色的氛围、绿色的风光；二是孤独的一个人，千万不要有人为伴，即使对方是最亲近者；三是任思绪自由地飘荡，而又有一定的精神内涵。三者具备，就构成了一次令人心身舒畅的散步。

从北大之后几十年，我一直保持着这种生活追求与心身享受。每搬到一个地方，我最关心的一件事情，就是附近有没有散步的好去处，但是在北京的水泥森林中，我这个愿望很不容易实现，于是只能退而求其次，找一个场所凑合凑合。在崇文门住的时候，我只有东单公园可去。住在劲松的时候，则常去龙潭湖公园。未被帕金森氏收归门下之前，几乎每天都去那里，不时也去天坛公园。在这几个场地中，龙潭湖公园是我比较喜欢的，我的散步美学的三个条件，在这里可以得到充分的满足，特别是龙潭湖公园深处夜幕降临的时候，那种视力范围内见不到人影的空旷境界更使我着迷，似乎自己已与纷争的人世完全脱离绝缘了。我很少出差，很少赴外地参加学术活动，但只要我去了外地，落脚后的第一件事情，就是要找比较理想的散步场所。其中有一个令我难忘的，是广州的越秀公园。越秀公园的后门是越秀宾馆，公园的后山郁郁葱葱，空寂辽阔，几乎见不到人影。1978 年，我在越秀宾馆大会堂对日丹诺夫揭竿而起前前后后的一个多星期，没少在这个公园的后山漫步思索，或酝酿准备，或回味总结。而在国外，更有不止一个使我永远难忘的散步天地。哈佛大学的校园就是一个，它优美的园林与浓郁的文化氛围使人百来不厌。在巴黎，拉雪兹神父公墓更是一个令我神往的地方，它空旷的大道，浓郁的林木，一望无际的陵地，已经使人流连忘返了，何况在这里几乎看不到人迹，但是无处不有“宇宙精华、万物灵长”的魂灵，给你感应，和你交流，与你对话。我的住处离拉雪兹神父公墓相距甚远，必须换两次地铁，但我对它的神往使我只要有时间就要跑一趟，虽然不能每天都去，但要算我旅住巴黎期间去得最多的一个地方。我一直想写一本漫步拉雪兹神父公墓的书，并已做了一些准备，但由于自己对这样一本书期望值太高，迟迟未能动笔，倒头来只成为了一个美好的憧憬。

2015 年底完稿

（选自未出版的《回顾自省录》）

我与小孙女的一次合作

——小淑女作画记

这是一次特殊的合作。

这本书的两个合作者，一个是八十多岁的老头，一个是十二岁的小女孩，本书就是深圳海天出版社新近推出的译本《小王子》，译者是一位八十多岁的祖父，全书插图的作者，则是十二岁的小孙女。

原著是举世闻名的儿童读物，是内涵深刻、意味隽永的文学名著，插图则实际上是一个华人小女孩心目中的那个主人公小王子，是华人小女孩对《小王子》一书的形象呈现、形象诠释，也未尝不可以说是一个华人小女孩对于《小王子》一书的读书心得。这么一个文化接受、文化融汇的现象，倒是有点意思。

对编辑出版工作而言，这也不失为一颇有独创性的构思，居然把两个年龄差距这么大的合作者组合在一起，老祖父做翻译，小孙女进行想象作画配图，此举可谓“艺高人胆大”，有点妙。这一编辑出版工作的妙笔，出自海天出版社的胡小跃出版工作室，这个室的室主最初是以青年译者学者的身份出现在文坛的，他全面手的、特别是才华初露的诗歌翻译家的身姿，很快就给中国文化界留下深刻的印象。逐渐，他又作为一个视野广阔、眼光精明、才能卓越的编辑出版者，越来越令人瞩目，他双管齐下，交错发力，同时在法语文学译介专业中、在法语文学的编辑出版事业中，都做出了可圈可点的实绩，开辟出当今中国文化中一道郁郁葱葱的风景线，使得地处南国一隅的海天出版社，成为了我国外国文学出版的一重镇。

众所周知，《小王子》原版书约有五十张插图，都是出自作者自己的手笔。在法国作家中，不止一位喜欢为自己的作品画点什么，扩充扩充自己的形象构思与艺术想象，或游戏式地加那么一点情趣，要不然就是在自己的稿本上画着好玩，雨果、斯丹达尔、缪塞、梅里美等都这么做过。不过，成功者甚少，我个人觉得其中还算比较出色、令人瞩目者，似乎只有雨果一人，雨果一些烘托他作品中浪漫主义氛围与奇特景象的黑白画作，真还给人蛮深刻的印象。《小王子》的作者圣埃克絮佩里，也为自己的这部名著作了插图，而且还被人视为原著的一个组成部分而流传了下来，这就不简单了。我们还注意到，甚至有的传记作者告诉我们，这位法国人在写出这部名著之前，已经勾勾画画出了他的小王子的形象，当然，这也不是什么“新大陆”式的发现，任何作家在下笔写作之前，几乎都对人物形象作出了自己的想象与构思，先用图勾画出来也是很自然的，文学创造就是形象思维嘛。

不论是先有作品还是先有画，《小王子》的原画完全是白描式的，不讲究细节，相对来说，只是一种简单的形象示意。而且更应该看到，寓言与童话这种文学样式，本身就是最为简约、最有包容性、最有伸缩性的框架与形象载体，它容纳得下人们尽可能广泛的思考与诠释、容纳得下尽可能丰富的想象与补充，而且，愈是意味隽永的经典童话与寓言，愈是力求引起人们尽可能广泛的思考与丰富的想象，愈是赋予了读者自由理解、自由诠释、自由想象的权利。提供理解、诠释、想象与补充的人愈多，寓言童话的内涵、内容与意义愈能得到扩充、延伸与丰富。另行配图插画，本身就是增添一种理解、诠释、扩充与延伸，本身就有人文意义。基于以上理解，他人插图配画似乎称得上是一件天经地义的事情，恐怕也是作者本人所乐见的事。

在中国已经出版的《小王子》译本，据著名翻译家与翻译理论家许钧先生的统计，已达数十种之多。事实上，各出版社在自己的《小王子》的插图上，已经悄悄地、不动声色地做了一点自己的个性化动作，有的在数量上有所增减，有的加上了色彩，有的修改了形象，等等，但绝大多数都是以圣埃克絮佩里的原作为基础为蓝本，略微作了自己的若干调整与修改。但是，据确切的消息，有一家出版社，已经花重金从国外购进了其他的配画作为《小王子》译本的插图。对于以其他画家的配画作为该书的插图，需要审视的不外是两点，一是具有什么人文意义以及具有多少人文意义，二是配画所显示出的情趣、意味、想象力以及艺术水平如何。

海天出版社胡小跃出版工作室，推出这样一个《小王子》插图本，在这两方面，我不敢说大有讲究，但至少是颇有些讲究的。首先两个合作者都是华人，华人在世界上已经很引人瞩目，这个译本不仅是数十种中译本中的一种，而且，据说也是广行于世，尚受欢迎的一个译本。而配图插画也是出自华人之手，这大概在世界上是从来没有过的，而且这个配图插画的作者，竟是一个华人小女孩。她还没完全脱离童年时代。她一直生活在美国，在美国上学。她身上流淌着两种文化的血液。她是如何想象《小王子》的？她是如何诠释《小王子》的？这就很值得一看了。更不容易凑巧的是，这本书正好是她的老祖父专门为她而译的，老祖父还曾正式撰文说明了这个译本是他送给他心目中的小天使的一个礼物，并希望小王子成为小淑女的朋友，现在，小王子与小淑女的的确确互相成为了朋友。这样一个双组合译本包涵了以上几个因素，也许算得上是《小王子》比较文学研究学中的一个难得的创例。正因为如此，这么一个小女子，如何想象这位小王子，对《小王子》这本书如何诠释，她的想象与诠释中凝聚了什么样的心情感受与读书心得，也就很值得一看了。胡小跃出版工作室此一组合之举，妙意就在于此。

当然，画得怎么样，至关重要，读者对形象构思、线条勾划、颜色配搭、情调意味，都会有严格的审视，市场毫不含糊，要以乱七八糟的涂鸦闯天下，没门。还是再多历练几年吧。“我是个小孩，这是一件大人做的事，我做不了。”据说，小女孩自己在美国的家里画得不顺利时，发过这样的牢骚，表示了气馁。一个宽厚的长者，这样鼓励她说：“大家都知道你是十二岁小女孩，不会用达芬奇的水平来要求你。正因为你还是个小孩，你能画成这个样子，已经可以得高分了。”鼓励归鼓励，一个十二岁的小女孩究竟画得怎么样，她的画是否靠谱？她的画是否还有若干可看性？有自己独特的想象？有自己的理解？是否多少画出了自己的一点意思？表现出了自己的童趣？…… 所有这一切，只能以画为证，读者打开这本书，一看便知了。用不着旁人啰嗦说道。

必须说道说道的话题倒是有，那就是关于这个小画家的资历，她是如何成长起来的？

此小女子，好些人都知道她，十多年前，可能有不少读者在《文汇报》潘向黎所编辑的一期“笔会”上见过她，当时她只有一岁左右，被她祖父称为“小蛮女”。那时的她，身体健壮，原始生命力强旺，除了善于爬来爬去外，似乎就没有什么长处可称道，她仅有的爱好，一是敲打各种各样能发声的东西，制造噪声，二是喜欢拽家里那条大狼狗的尾巴，叫那老实的大伙计烦她，怕她，敬而远之。那时，当祖父的有两个担心：一则担心她健壮的身体再横向发展，成为一个粗壮不雅的胖墩；二则担心，她如此喜欢摆弄“打击乐器”，怕她长大了也许只能成为一个敲打乐器的三流小乐手……

女大十八变，现年方十二，原来的小蛮女，如今竟成为一个亭亭玉立的小淑女了，当初小蛮女的粗壮、精力充沛与好动，如今已转化为小淑女在足球场上两腿修长、奔跑飞快、身姿苗条、动作矫健的身影，她早从小学起就参加本校区的足球队，不同的角色，后卫、前锋、守门员她都充当过。当初，她以敲打器物为乐的粗俗趣味不见了，取而代之的是令人意想不到的一系列雅趣：书、画、琴、诗无一不有那么两手，不止一项堪称优秀。事关她为《小王子》作画的资质，似乎还有必要对她的雅趣与能耐稍作补充。

她上学比同龄人早一年，虽为班上年龄最小者，但成绩还算中上，她最突出的一个特点就是喜欢阅读书籍，当然是课外书籍。在家常手不释卷，到了超市就直奔书摊，阅读能力强，比同年级的学生超前，二三年级时，老师就特批她可以借阅四五年级的书，到四五年级时，她就获准阅读六七年级的书了。她是那个宁静小城市立图书馆的常客，不仅喜欢读，而且善于找她喜欢读、适合她读的书，似乎对书有一种敏锐的嗅觉，就像小狗对美食有天生的敏感一样。美国的儿童读物多得不得了，而且都是图文并茂，她早已在这类书的海洋中畅游，自然《小王子》的英译本，她早就看过，也算她的一个朋友。她对书的热爱与善于读书的特点，早已被市立图书馆注意到了，因此，曾把她读书的大头像印在该馆的宣传画上。在美国，很多城市的图书馆都有流动送书车，经常在城里转悠，她作为宣传大使的图像，就固定地印制在宣传车的车身上，圆圆的脸，衣着朴素，笑嘻嘻的，双手捧着一本打开了的书，耳边竖着两个小短辫，一看就是个华人小女孩……

读书多，随之而来的必然是能文，她不仅作文成绩好，偶尔还能写点诗，可惜只能用英文写。至于提琴与钢琴，这是美国中产阶级家庭小孩的必修课，她也不例外，在这方面，她的自觉性与积极性显然不及对读书那么高，但其技艺还错不算，从教会、社区组织的演奏活动中，不止一次见她谢幕时稚拙的姿态。

特别需要讲讲的是画。小淑女自幼喜欢画画，最早她开始涂鸦，说得严谨一点，就算是三岁吧，此后就成为一种习惯，不仅是经常画，而且几乎是每天画。很小的时候，除了玩耍、游戏、看图画书、上教堂做礼拜、练琴、外出、旅游之外，她一闲下来，就喜欢拿一张纸在上面乱画一气，且不说是她生活的一部分，至少成了她特别爱玩的一种游戏。

上学之后，她就更忙了，除了原来那些固定的生活程序外，还得做作业，参加校内外的各种社会活动以及各种体育项目，足球啦、网球啦、舞蹈啦，等等，她忙得找不到完整的时间来画画，就见缝插针找时间画，用开小差的办法画，如：有时，参加宗教活动时，她画；有时，在课堂上也偷偷地画。这种经常画、天天画的习惯，从一开始到现在一直没有改变，因此，可以说，她的画龄至今足足已有十多年了，说她画画成为了一个习惯，似乎还不够，可以说画画已成为她生活中的一种需要了。

她画画的历程，当然是从乱画一通开始，逐渐到能画出个名堂来：线条从凌乱到规整，再到曲折有致，所画的对象从不成形不成样，到成形成样，到有表情有喜怒哀乐。家长见她有画画的爱好与习惯，先是给她充分地提供纸张、画笔、颜料以及有关的工具，甚至给她做了专门的画服，以免颜料弄脏了衣服，到了一定的时候，又专门给她请了绘画教师，从最初到现在先后已有五位，其中有一个华人教师，她正是从这位华人教师那里学了中国水墨画，她所画的竹林中熊猫图、葡萄前小猴图，很有那么一点齐白石的风格，老祖父眼里出画家，头脑容易发热，曾这样赞曰："这不跟齐白石的墨宝有点相似吗！"这两幅画现正挂在她北京的祖屋里，她祖父因香港有一个与他有关的学术活动，需要录制一段视频，拿到香港去放的那段视频就是以她这两幅画为背景录制的……

关于她的绘画有一个特点不能不说，因为这多多少少与她为《小王子》配图作画有关，那就是她的画几乎从来都不是素描性的、临摹性的、写实性的，老祖父几乎就没有见过她一张素描画、写生画、临摹画。她的画都是想象性的，她所画的几乎全都是她想象中的人物与形象，穿着与妆饰也往往出自她的想象，她一有空坐下来，随笔作画时似乎只是为了释放她的想象，宣泄她的想象，似乎她只有释放了出现于、存积于她脑海中的形象，她才感到身心舒畅。怪不得，画画成为了她的一个日常的习惯，成为了她日常的一种需要，原来就是为了释放、宣泄、抒发。而这，按老祖父的理解，正是原创性艺术创作最自然、最有效的推力。她绘画的想象性，无疑构成了她的特点与强项。她的想象力丰富，令人意想不到，颇有意味、颇有情趣，当然是一个儿童的情趣，且称之为童趣吧。她的这个长处与特点，不是说说而已，是有社会检验、社会认可为证的，她想象的成果，可以说是进入了公共生活的领域。

事情是这样的：学校里创设了一间机器人教室，作为机器人课程的正式场所，校领导要在机器人教室的门上，绘制一个标志性的图像，美术老师结合这个需要，要求全班学生临场每人画这么一张，这本来只是美术课中的一个实践性的课题，并未准备派什么用场，出人意料，这个华人小淑女所画出的图像，却引起了美术老师与整个校方的注意与赞赏，一致决定把她这张图像绘制在机器人教室的门上，作为一个教学场地的标志。更出人意料的是，校方还选用了这图像，经由厂家把它正式大面积地印制在T恤衫的前胸部位，这种图像的T恤衫成为了一个特定品种，校方则把这种T恤衫当作正式的礼品，用来在重要活动中赠送来宾。小淑女这张图像画的是一个机器人的头部，既有正常人的头型，又有机器人的机械部件，既有真人的血肉之躯的形象，又有金属与机械所组成的机器人结构。这个头像除了正面外，居然还呈现出两个侧面，颇有立体主义绘画之趣，构思之独特与复杂，局部与整体之统一都相当有讲究，线条也清晰合理而不凌乱。完整而有艺术性，别致而新颖，它之所以被看中，显然不是偶然的。而且，这么一张图像，是在美术课堂上临场构思绘制出来的，“这不有点像曹植的七步诗一样吗”，老祖父收到印制了这个图像的蓝色 T 恤衫的时候，不禁又头脑发热，笑眯眯地说了这么一句。任何比喻都是蹩脚的，老祖父的这个比喻恐怕会令人嗤之以鼻……

不管怎么样，小淑女这个富于想象、善于想象的特点，倒是适合于为童话和寓言画点什么。经过她提供了若干为《小王子》插图配画的样品后，她有幸得到了胡小跃出版工作室室主的首肯，成为了《小王子》中译本的插图作者，而采用的译本，则是她的祖父柳鸣九所译。

2006 年，中国少年儿童出版社最早推出了柳鸣九译的《小王子》，扉页上就正式有译者的这样一句题词：“为小孙女艾玛而译”。艾玛即当时的小蛮女、现今的小淑女柳一村，艾玛是她的英文名。

译本问世约一年后的一个晚上，急救车来到她家，把她不到四十岁的父亲接到医院去，临行，她父亲对急救车的驾驶员说：“请你不要鸣笛，我的小女儿睡着了。”救护车开走了，他再也没有回到这个家里，这是他在这个世界上所说的最后一句话……

2016 年 3 月 30 日

2016 年 4 月 15 日修改